說東道西

唐魯孫——著

目錄

饞人說饞——閱讀唐魯孫

逯耀東

前些時，去了一趟北京。在那裡住了十天。像過去在大陸行走一樣，既不探幽攬勝，也不學術掛鉤，兩肩擔一口，純粹探訪些真正人民的吃食。所以，在北京穿大街過胡同，確實吃了不少。但我非燕人，過去也沒在北京待過，不知這些吃食的舊時味，而且經過一次天翻地覆以後，又改變了多少，不由想起唐魯孫來。

七〇年代初，臺北文壇突然出了一位新進的老作家。所謂新進，過去從沒聽過他的名號。至於老，他操筆為文時，已經花甲開外了，他就是唐魯孫。民國六十一年《聯副》發表了一篇充滿「京味兒」的〈吃在北京〉，不僅引起老北京的蓴鱸之思，海內外一時傳誦。自此，唐魯孫不僅是位新進的老作家，又是一位多產的作家，從那時開始到他謝世的十餘年間，前後出版了十二冊談故鄉歲時風物，市廛風俗，飲食風尚，並兼談其他軼聞掌故的集子。

這些集子的內容雖然很駁雜，卻以飲食為主，百分之七十以上是談飲食的，唐魯孫對吃有這麼濃厚的興趣，而且又那麼執著，歸根結柢只有一個字，就是饞。他在〈烙盒子〉寫到：「前些時候，讀逯耀東先生談過天興居，於是把我饞人的饞蟲，勾了上來。」梁實秋先生讀了唐魯孫最初結集的《中國吃》，寫文章說：「中國人饞，也許北京人比較起來更饞。」唐魯孫的回應是：「在下忝為中國人，又是土生土長的北京人，可以夠得上饞中之饞了。」而且唐魯孫的親友原本就稱他為饞人。他說：「我的親友是饞人卓相的，後來朋友讀者覺得叫我饞人，有點難以啟齒，於是賜以佳名叫我美食家，其實說白了還是饞人。」其實，美食家和饞人還是有區別的。所謂的美食家自標身價，專挑貴的珍饈美味吃，饞人卻不忌嘴，什麼都吃，而且樣樣都吃得津津有味。唐魯孫是個饞人，饞是他寫作的動力。他寫的一系列談吃的文章，可謂之饞人說饞。

不過，唐魯孫的饞，不是普通的饞，其來有自；唐魯孫是旗人，原姓他他那氏，隸屬鑲紅旗的八旗子弟。曾祖長善，字樂初，官至廣東將軍。長善風雅好文，在廣東任上，曾招文廷式、梁鼎芬伴其二子共讀，後來四人都入翰林。長子志銳，字伯愚，次子志鈞，字仲魯，曾任兵部侍郎，同情康梁變法，戊戌六君常集會其家，慈禧聞之不悅，調派志鈞為伊犁將軍，遠赴新疆，後敕回，辛亥時遇刺。仲魯是唐魯孫的祖父，其名魯孫即緣於此。唐魯孫的曾叔祖父長敘，官至刑部次郎，其二女並選入宮侍光緒，為珍妃、瑾妃。珍、瑾二妃是唐魯孫的族姑祖母。民初，唐魯孫時七八歲，進宮向瑾太妃叩春節，被封為一品官職。唐魯孫的母親是李鶴年之女。李鶴年奉天義州人，道光二十年翰林，官至河南巡撫、河道總督、閩浙總督。

唐魯孫是世澤名門之後，世宦家族飲食服制皆有定規，隨便不得。唐魯孫說他家以蛋炒飯與青椒炒牛肉絲試家廚，合則錄用，且各有所司。小至家常吃的打滷麵也不能馬虎，要滷不瀉湯才算及格，吃麵必須麵一挑起就往嘴裡送，筷子一翻動，滷就瀉了。這是唐魯孫自小培植出的饞嘴的環境。不過，唐魯孫雖家住北京，可是他先世遊宦江浙、兩廣，遠及雲貴、川黔，成了東西南北的人。就飲食方面，嘗遍南甜北鹹，東辣西酸，口味不東不西，不南不北變成雜合菜了。這對唐魯孫這個饞人有個好處，以後吃遍天下都不挑嘴。

唐魯孫的父親過世得早，他十六七歲就要頂門立戶，跟外面交際應酬周旋，觥籌交錯，展開了他走出家門的個人的飲食經驗。唐魯孫二十出頭就出外工作，先武漢後上海，遊宦遍全國。他終於跨出北京城，東西看南北吃了，然其饞更甚於往日。他說他吃過江蘇里下河的鮰魚，松花江的白魚，就是沒有吃過青海的鰉魚。後來終於有一個機會一履斯土。他說：「時屆隆冬數九，地凍天寒，誰都願意在家過個閤家團圓的舒服年，有了這個人棄我取，可遇不可求的機會，自然欣然就道，冒寒西行。」唐魯孫這次「冒寒西行」，不僅吃到青海的鰉魚、烤犛牛肉，還在甘肅蘭州吃了全羊宴，唐魯孫真是為饞走天涯了。

民國三十五年，唐魯孫渡海來臺，初任臺北松山菸廠的廠長，後來又調任屏東菸廠，六十二年退休。退休後覺得無所事事，可以遣有生之涯。終於提筆為文，至於文章寫作的範圍，他說：「寡人有疾，自命好啖。別人也稱我饞人。所以，把以往吃過的旨酒名饌，寫點出來，就足夠自娛娛人的了。」於是饞人說饞就這樣問世了。唐魯孫說饞的文章，他最初的文友後來成為至交的夏元瑜說，唐魯孫以文字形容烹調的味道，「好像老殘遊記山水風光，形容黑妞的大鼓一般。」這是說唐魯孫的饞人談饞，不僅寫出吃的味道，並且以吃的場景，襯托出吃的情趣，這是很難有人能比較的。所以如此，唐魯孫說：「任何事物都講究個純真，自己的舌頭品出來的滋味，再用自己的手寫出來，似乎比捕風捉影寫出來的東西來得真實扼要些。」因此，唐魯孫將自己的飲食經驗真實扼要寫出來，正好填補他所經歷的那個時代，某些飲食資料的真空，成為研究這個時期飲食流變的第一手資料。

尤其臺灣過去半個世紀的飲食資料是一片空白，唐魯孫民國三十五年春天就來到臺灣，他的所見、所聞與所吃，經過饞人說饞的真實扼要的記錄，也可以看出其間飲食的流變。他說他初到臺灣，除了太平町延平北路，幾家穿廊圓拱，瓊室丹房的蓬來閣、新中華、小春園幾家大酒家外，想找個像樣的地方，又沒有酒女侑酒的飯館，可以說是鳳毛麟角，幾乎沒有。三十八年後，各地人士紛紛來臺，首先是廣東菜大行其道，四川菜隨後跟進，陝西泡饃居然也插上一腳，湘南菜鬧騰一陣後，雲南大薄片、湖北珍珠丸子、福建的紅糟海鮮，也都曾熱鬧一時。後來，又想吃膏腴肥濃的檔口菜，於是江浙菜又乘時而起，然後更將目標轉向淮揚菜。於是，金齏玉膾登場獻食，村童山老愛吃的山蔬野味，也紛紛雜陳。可以說集各地飲食之大成、彙南北口味為一爐，這是中國飲食在臺灣的一次混合。

不過，這些外地來的美饌，唐魯孫說吃起來總有似是而非的感覺，經遷徙的影響與材料的取得不同，已非舊時味了。於是饞人隨遇而安，就地取材解饞。唐魯孫在臺灣生活了三十多年，經常南來北往，橫走東西，發現不少臺灣在地的美味與小吃。他非常欣賞臺灣的海鮮，認為臺灣的海鮮集蘇浙閩粵海鮮的大成，而且尤有過之，他就以這些海鮮解饞了。除了海鮮，唐魯孫又尋覓各地的小吃。如四臣湯、碰舍龜、吉仔肉粽、米糕、虱目魚粥、美濃豬腳、臺東旭蝦等等，這些都是臺灣古早小吃，有些現在已經失傳。唐魯孫吃來津津有味，說來頭頭是道。他特別喜愛嘉義的魚翅肉羹與東港的蜂巢蝦仁。對於吃，唐魯孫兼容並蓄，而不獨沽一味。其實要吃，不僅要有好肚量，更要有遼闊的胸襟，不應有本土外來之殊，一視同仁。

唐魯孫寫中國飲食，雖然是饞人說饞，但饞人說饞有時也說出道理來。他說中國幅員廣寬，山川險阻，風土、人物、口味、氣候，有極大的不同，因各地供應飲膳材料不同，也有很大差異，形成不同區域都有自己獨特的口味，所謂南甜、北鹹、東辣、西酸，雖不盡然，但大致不離譜。他說中國菜的分類約可分為三大派系，就是山東、江蘇、廣東。按河流來說則是黃河、長江、珠江三大流域的菜系，這種中國菜的分類方法，基本上和我相似。我講中國歷史的發展與流變，即一城、一河、兩江。一城是長城，一河是黃河，兩江是長江與珠江。中國的歷史自上古與中古，近世與近代，漸漸由北向南過渡，中國飲食的發展與流變也寓其中。

唐魯孫寫饞人說饞，但最初其中還有載不動的鄉愁，但這種鄉愁經時間的沖刷，漸漸淡去。已把他鄉當故鄉，再沒有南北之分，本土與外來之別了。不過，他下筆卻非常謹慎。他說：「自重操筆墨生涯，自己規定一個原則，就是只談飲食遊樂，不及其他。以宦海浮沉了半個世紀，如果臧否時事人物惹些不必要的嚕囌，豈不自找麻煩。」常言道：大隱隱於朝，小隱隱於市。唐魯孫卻隱於飲食之中，隨世間屈伸，雖然他自比饞人，卻是個樂天知命而又自足的人。

一九九九歲末寫於臺北糊塗齋

唐魯孫先生小傳

唐魯孫，本名葆森，魯孫是他的字。民國前三年九月十日生於北平。滿族鑲紅旗後裔，是清朝珍妃的姪孫。畢業於北平崇德中學、財政商業學校。擅長財稅行政及公司理財，曾任職於財稅機關，對於菸酒稅務稽徵管理有深刻認識。民國三十五年臺灣光復，隨岳父張柳丞先生來臺，任菸酒公賣局秘書。後歷任松山、嘉義、屏東等菸葉廠廠長。當年名噪一時的「雙喜」牌香煙，就是松山菸廠任內推出的。民國六十二年退休，計任公職四十餘年。

先生年輕時就隻身離家外出工作，遊遍全國各地，見多識廣，對民俗掌故知之甚詳，對北平傳統鄉土文化、風俗習慣及宮廷秘聞尤其瞭若指掌，被譽為民俗學家。再加上他出生貴冑之家，有機會出入宮廷，親歷皇家生活，習於品味家廚奇珍，又見多識廣，遍嘗各省獨特美味，對飲食有獨到的品味與見解。閒暇時往往對各家美食揣摩鑽研，改良創新，而有美食家之名。

先生公職退休之後，以其所見所聞進行雜文創作，六十五年起發表文章，民俗、美食成為其創作基調，內容豐富，引人入勝，斐然成章，自成一格。著作有《老古董》、《酸甜苦辣鹹》、《天下味》等十二部（皆為大地版）量多質精，允為一代雜文大家，而文中所傳達的精緻生活美學，更足以為後人典範。

民國七十二年，先生罹患尿毒症，晚年皆為此症所苦。民國七十四年，先生因病過世，享年七十七歲。

想起有味美餛飩

北方人是以麵為主食的，帶餡兒的麵食大致說來有包子、水餃、蒸餃、餛飩、餡餅、燒賣、盒子等，經常吃的也不過是包子、餃子、餛飩三兩樣而已。帶餡兒的麵食，我是比較喜歡吃餛飩，因為餛飩帶湯。餛飩皮不管是軋的也好，擀的也好，都不會太厚。至於餃子皮可就說不定了，有的人家擀的皮真比銅錢還厚，如果餡子再拌得不地道，這種餃子簡直沒法下嚥，所以寧可吃餛飩而不吃餃子。

我在讀書時期，學校門外有個啞巴院，雖有通路，可是七彎八拐兩個人僅能擦身而過，所以大家給它取名九道灣。此處有賣湯麵餃兒的，賣燒餅油條粳米粥的，賣肉片口蘑豆腐腦兒的，還有一個賣餛飩的，大家設攤列肆棚傘相接，同學們午間民生問題都可解決，就不必吃學校包飯受伙食房的氣了。賣餛飩的姓崔，戴著一副寬邊眼鏡，說話慢吞吞的，大家公送外號「老夫子」。他的餛飩雖然是純肉餡兒，可是肌質膾膩，筋絡剔得乾乾淨淨。人家下餛飩的湯，是用豬骨頭、雞架子熬的，他用排骨肉、老母雞煨湯，所以他的餛飩特別好吃；餛飩吃膩了，讓他下幾個肉丸子更是滑香適口。北平下街餛飩挑子，我吃過不少，誰也沒有老崔的餛飩合口味。來到臺灣遇見一位在北平給 CAT 航空公司管伙食的趙濟先生，他也認識老崔，他說老崔每天晚上都出挑子下街賣餛飩，在東北城老主顧都說老崔的餛飩算是一絕，那就無怪其然啦！

在北平大酒缸喝酒，酒足飯飽之後不是來碗羊雜碎，就是喝碗餛飩，餛飩而曰喝，是把它當成湯啦。把著西四牌樓磚塔胡同有個大酒缸叫三義合，酒裡不摻紅礬，更不下鴿子糞，所以西城愛靠大酒缸的酒客們，沒事都喜歡到三義合叫兩角酒解解悶兒。因為酒客多，門口各種小吃也就五花八門，列鼎而食，無所不有了。有份餛飩挑子，挑主大家都叫他破皮襖，日子久了，他姓甚名誰，也就沒人知道了。他的餛飩倒沒什麼特別，湯是滾水一鍋，既沒豬骨頭，更沒雞架子，鍋邊上擺滿了瓶瓶罐罐的作料，他東抓一點，西抓一點，餛飩端上來就是一碗清醇沉郁醒酒的好湯，您說絕不絕？江南俞五（振飛）在北平時住瑪噶喇廟，三天兩頭沒事晚上往三義合跑，您就知道三義合的魅力有多大啦。

北平八大胡同的陝西巷，有一家小吃店，名叫陶陶，白天是蘇廣成衣店，到了夜闌人靜，收拾剪尺案板，就變成陶陶小吃，專供倌人們陪伴恩相，好來宵夜了。薺菜在南方屬於山蔬野菜，原田間俯拾皆是，北方人根本不認薺菜，南人北來能吃到薺菜，覺得總可稍慰蓴羹鱸膾之思。陶陶的薺菜餛飩可以說是獨沽一味，每天到天壇採回來的薺菜數量不多，去太晚賣完了只好明晚請早了。在北平只江浙人家飯菜裡偶然可以吃到薺菜，至於以上海小吃號召的五芳齋，也沒有薺菜餛飩賣，所以在南方人眼裡，這種野蔬還視同珍品呢！

後來筆者到漢口工作，每天總要忙到午夜一、兩點鐘，於是養成吃宵夜的習慣。當時我住在雲樵路的輔益里，在弄堂口過街樓下，每晚有個賣餛飩麵的，弄堂裡的住戶，都喜歡讓他下一碗餛飩麵送到家裡去吃，所以生意雖好，可是坐在攤子上吃的人並不多。有一晚外面小雨迷濛，工作太久了想出去吃碗餛飩舒散一下筋骨，走到餛飩攤子前，看見宣鐵吾站在攤子的左邊，攤子上坐著披黑斗篷的人正在吃餛飩，細一看才知道是我們「最高領袖」蔣公在吃餛飩呢！吃完之後，頻頻誇讚連說味道不錯。後來夏靈炳、何雪竹、楊揆一、朱傳經、賈士毅、沈肇年，還有當時市長吳國楨，紛紛來嘗，也都成了這個餛飩攤上的常客了。他對來吃餛飩的客人一視同仁，絕無厚此薄彼的分野。王雪艇先生說：「輔益里的餛飩固然在武漢首屈一指，而賣餛飩的夷簡渾穆，更是難能可貴。」勝利復員，故友李藻孫由水路出川，道經武漢，還特地到輔益里吃過一次餛飩，老頭健朗如昔，只是鬢邊多添幾許白髮而已。

抗戰初期，我在上海南洋路南洋新務村住了一個短時期，隔鄰就是偽稅務署長邵式軍，據說他是美術家邵洵美的胞弟，又是日本天皇裕仁的乾兒子。他的公館裡每晚車馬盈門，履舄交錯，鏡檻迴花，銀燈渦月；到了夜闌人散，總有一位賣餛飩的，把挑子放在路邊敲梆叫賣。他的餛飩湯清醇不油，賣餛飩的自己誇稱，他的湯是用兩雞一鴨吊出來的上湯，餛飩皮是用雞蛋白揉的麵，所以爽而且脆，餡子是蝦仁鮮肉，也是脆綳綳的，這種純粹廣式餛飩的確清淡爽口。邵家每晚總要叫個十碗八碗去宵夜，賣餛飩的雖然賣的是廣式餛飩，可是他根本不會說廣東話，包餛飩、下餛飩手腳都不算麻利，更不愛說話，可是氣度軒昂，不像市井小民，後來才知道他是地下工作人員吳紹澍，等到抗戰勝利他才露出身分來。天天給他包餛飩的助手「阿根林」，等吳做了上海副市長後，資助他在卡德路開了一間小吃店賣廣東粥、芝麻糊、雞湯餛飩，以酬有功。凡是知道抗戰期間這段往事的，都要光顧這家小店，瞧瞧這位無名英雄是什麼長相呢！

四川同胞管餛飩叫抄手，提起小梁子會仙橋華光樓的大抄手，凡是吃過的人，無不津津樂道。華光樓聽起來氣派不小，其實不過是雙連鋪面十多張桌子的一個麵館而已。他家抄手之所以出名，第一是麵和得軟硬適度，餛飩皮都是現擀現包，一邊擀，一邊用擀麵杖敲案板，一方面提神，二方面招攬顧客。久而久之就敲出各式各樣花點出來，那比平劇《青石山》王半仙捉妖，打得鐺鐺通要耐聽多啦。他家皮子好，餡兒就更講究，肥瘦肉三七比例，口蘑、金鉤都選上品剁成細泥，然後加作料拌勻，吃到嘴裡飽浥糜漿，異常腴美，平日只知小籠包餃帶湯，抄手帶湯的華光樓恐怕要算獨一份兒了。因為他家餛飩個兒特別大，一碗八隻餛飩，普通飯量已經夠飽。重慶人喜歡說佔人便宜的俏皮話：「會仙橋的大抄手——你吃不過八。」「八」、「爸」同音，無形中就佔了便宜了。

無錫城裡大吊橋街，有一家專賣雞湯餛飩的名叫「過福來」，餛飩小巧玲瓏，跟重慶會仙橋的大抄手，一大一小成強烈對比。雞湯裡放上蒜瓣兒、芹菜絲兒，味道特別甘鮮腴潤。無錫人平素不近蔥蒜，唯獨雞湯餛飩用大蒜吊湯，實在令人說不出所以然來。吳稚老雖說是常州人，其實他是在無錫生長的，他老人家每次回鄉總要到「過福來」吃一頓雞湯餛飩，他說吃遍了大江南北，「過福來」的餛飩要算第一。名人一語之褒，過福來的生意就蒙其實惠了，好啖朋友經過無錫，到過福來吃雞湯餛飩，跟到蘇州吃石家鮰肺湯都變成不可少的觀光項目了。

臺灣光復初期，甭說吃餛飩，想吃福州式又甜又鹹的包子，還戛戛乎其難呢。民國四十七年，我在屏東夜市場發現一家小吃店專賣小籠湯包、溫州大餛飩。說句良心話，他家湯包比當時臺北三六九要高明多了，第一是麵不黏牙，第二是湯多味永。溫州餛飩包得雙疊挽邊，一看就知道店主夫妻二人，一定有一位是溫州人。餛飩的菜肉比例也恰到好處。老闆原來學的手藝是做皮箱，外家是溫州錦記餛飩大王，小時候在外婆家幫過兩年忙，賣溫州大餛飩，所以他雖然是真茹人，可是溫州餛飩做得非常道地。可惜後來生意做開了，女兒都去讀書，找不到得力幫手，只好又回老本行做箱子去了。屏東北平路有一處家庭餛飩店，先生掌勺，太太包餛飩，他家餛飩最大優點是肉剔得乾淨，絕無筋絡脆骨，味道跟北平餛飩挑子賣的極為相似。因為物美價廉，華燈初上，每個座頭都是坐得滿滿的。臺北賣餛飩的到處都是，可是想找一、兩家夠水準的，還沒有發現呢！現在大小飯館在報紙上所登廣告，說的都是天花亂墜，結果一嘗大都似是而非。這班小朋友趾高氣揚，又多恥於下問，菜猶如此，遑論麵點一類小吃啦！

北平的燒餅油條

去年在美國遇見幾位去國多年的老友，看見他們天天吃三明治、熱狗、漢堡，有一位朋友說：「又到了塞餐的時候了。」看他們萬般無奈、食之無味那種神情，真是替他們心酸。我問他們想吃點什麼中國味的東西，他們一致說：「只要是中國式的餐飲，無論南北口味，在海外住久了覺得樣樣都好吃，尤其每天吃早點，就想起燒餅油條、豆腐漿來了。」當年劉大中第一次回國，下飛機的當天，就跑到永和去吃燒餅油條、喝豆漿。大概去國日久，人人都有點饞燒餅油條，外帶著有點思鄉的情形。

燒餅油條在臺灣，無論哪個縣市，大街小巷磕頭碰腦都是這種早點攤子，可是要找一份合乎標準的攤子，那簡直是鳳毛麟角、百不得一。也不知道是哪位先生出點子，夾油條的燒餅一律是長方形，有的起酥，一碰就碎，要不就是兩張薄皮撕都撕不開，也沒法夾油條。臺灣炸油條，大概都跟江蘇徐州府學的，尺寸倒是不小，幾乎有一尺直直的長條，姑不論油條炸得酥不酥、脆不脆，雖然說燒餅夾油條，可是燒餅跟油條的大小不成正比，有如七尺壯漢蓋著小孩被單，護頭不蓋腳，等於肚子上搭了一塊毛巾，並且還不能使勁捏，因為燒餅原本酥得弱不禁風，若再用力一捏，燒餅也就粉身碎骨不成其為燒餅夾油條了。天津人講話：「這不是糟改嗎！」所以無論歸國學人如何嚮往燒餅油條，可是始終引不起我對它的食慾。

回想當年在北平吃早點，讓我最難忘懷的是馬蹄燒餅。雖然也是薄薄兩張皮，面上少許白芝麻，可是軟而不酥，潤而不油，夾上長圓形的油條，不多不少恰好是一套。吃到嘴裡，隱泛油香，充腸適口。如果不夾油條，換上柔紅腴美的清醬肉，那就更美了。

馬蹄之外，還有一種驢蹄，燒餅面上沾的芝麻略多，刷上一層糖漿，瓤兒充實，拿來就大醃蘿蔔或是醬疙瘩來吃，倒也別有風味。不過驢蹄跟馬蹄不同時出爐，不知是什麼人立的規矩，所有烙驢蹄燒餅的，一律下午出爐，這大概就是所謂食必以時的古風吧！

大陸的小磨香油、芝麻醬都是特別考究的，假如附近有座油坊，老遠就香聞十里了，所以大陸烙的芝麻醬燒餅也特別香。一般說來，芝麻醬燒餅要比馬蹄的尺寸略大點，因為芝麻醬燒餅可以白嘴吃，要是夾別的吃食，就把瓤兒掏出來，吃素的夾雪裡紅炒黃豆芽，吃葷的最好是夾上紅櫃子的豬頭肉。北平特有的吊爐燒餅，抗戰勝利後，在北平已經很難吃到。由於這種泥坯做的爐是用一根鐵鍊子吊在牆上，所以叫吊爐，已經沒有幾個手藝人會搪這種吊爐。據我猜想，現在的北平，吊爐燒餅，可能久已成為歷史名詞了。

發麵小火燒，是北平財政商業專門學校一個工友研究出來的。他在打掃課堂之餘，就烙小火燒、炸小套環油條給同學們吃，後來擴及青年會米市大街一帶，所以這種發麵小火燒，夾上迸焦酥脆的小套環吃，只有東北城住的人有此口福，西南城就很少有人吃過了。

講到油條，北平的花樣可多啦，除了長套環、圓套環、小套環是正宗夾燒餅來吃的油條外，還有糖餅兒、糖三聯。前者是一塊圓糖餅，後者是比核桃大一點，三個圓骨朵相連，因為所含麵粉多帶點甜味，可以單獨吃，不必配任何一種燒餅。還有一種叫薄脆，天津叫它糖皮兒或鍋鼻兒，把油麵擀成長方形，下鍋一炸，薄能透明，泡在豆腐漿或是粳米粥裡補上吃，也非常落胃。

上海早上吃的是稜形燒餅，不油不膩，倒也不錯。喜歡吃油的，上海的油酥餅也不錯，手藝好的做出來的香脆酥潤兼而有之，到臺灣還沒見有人做過。蘇北有一種草鞋底燒餅，形狀就如同一隻草鞋，又不是洋白麵打的，可是麵香醇厚，別具風味。如果家裡煉豬油剩下的油渣，拿到燒餅鋪讓他把豬油渣打燒餅，就是打一隻，師傅們也是欣然和麵，臉上沒有絲毫不高興的表情。想起大陸農村民情敦樸可愛的鄉情，真令人有不勝今昔之感。

山西麵食花樣多

一般人都說北方人喜歡吃麵，南方人喜歡吃飯，因為南方人一向以麵食當點心，偶或吃一頓麵飯，老像沒吃飽似的。其實北方一般人生活比較樸實，除了大富大貴人家，中等以下人家並不是頓頓吃洋白麵，差不離總要搭幾頓雜糧當主食呢！

有人認為北平人愛吃，嘴又饞，大概做麵食北平花樣最多了。筆者雖然是北平人，絕不隨便往臉上貼金，講究麵食花樣多，什麼地方也蓋不過山西省去。

早年舍間跟山西票莊恆和、恆肇等「四大恆」都有往來，筆者受業恩師閻蔭桐夫子是祁縣世家，後來又追隨太谷孔庸之先生多年，所以對山西珍肴美味粗細麵食，雖不能說無不備嘗，可也吃過十之七八。有人說：「山西手巧的家庭主婦能做出七十二種不同滋味的麵食來。」此話或許有點誇大，筆者吃過而叫不出名堂來的就有十多種，那是一點也不假的。有幾位山西朋友說，把晉北各縣麵食花樣都說出來，豈止七十二樣，恐怕一百還要出頭呢！

犒勞

山西因地形關係，分為南、北、中三路。北路大同一帶，以燕麥、高粱為主食；中路太原、榆次一帶，以小麥、豆麵、蕎麵為主食；南路臨汾一帶氣溫高，日照多，年可兩熟，所以大半就都吃白麵了。

北路最普遍的食物叫「犒勞」，犒勞的做法，是把揉好的燕麥麵，放在硬石板上又摔又揉，等麵醒透溜開，用手一壓一搓，把麵捲成實心春捲形，放在蒸籠裡蒸，拿出來放在碗裡掰碎，澆上濃厚的羊肉湯來吃。燕麥最能抗寒耐餓，加上醇厚肥腴的羊肉，當然更能耐時候了。大同地近塞北，戍卒換班回家，家人備餐，此為無上珍食，所以叫做犒勞。後來有人寫成「栲栳」，那是不知這段來龍去脈而寫出來的。

刀削麵

北平人懂得吃刀削麵，是從閻百川晉軍勢力進入北平。北平城裡城外開了若干山西飯館，而且都添上女招待，刀削麵從此在北平才大行其道。當時北平隆福寺「灶溫」的過油肉、寬汁加荸薺片拌刀削麵，曾經吸引過若干當時權貴前往品嘗，我嘗過之後，確感風味不錯，曾經當著山西大德通票號任掌櫃誇獎過。有一天任掌櫃跟我說，讓櫃上的大師傅趙頭兒表演一次，不但讓我嘗，還讓我看看真正山西太谷的刀削麵是怎麼削的。到了請客那一天，酒過三巡，他特地領我到廚房參觀趙師傅的手法。趙師傅把麵揉得光而且硬，揪下一塊，大約有三斤多重，放在一個小木板裡，頂在頭上，兩手各拿一把長約五寸的解手刀，刀柄彎成鐵環，套在大拇指上，左右開弓，輪番削刮，削下的都是三寸左右、薄薄三稜形麵條，煮熟拌好作料，吃到嘴裡光滑腴潤，而且有咬勁，比灶溫的刀削麵又高明多了。

貓耳朵

「貓耳朵」也是山西出色麵食之一。在北平時，有幾位山西朋友喜歡到前門外穆家寨吃穆大嫂炒的貓耳朵，又叫炒疙瘩。穆家寨是因穆大嫂而得名，原名廣福居。有些人力車伕，您跟他說穆家寨，大概都知道，要說廣福居，十之八九就「莫宰羊」了。

炒貓耳朵也是先要把麵揉得軟硬適度，切成骰子塊兒，用大拇指以熟練的手法捻成蛤蜊殼形，然後捲起來，有如貓耳朵（**現在義大利吃的蚌殼形通心粉，就是馬可．波羅在中國學了帶回義大利仿製的**）。開水煮熟瀝乾，把摘去頭鬚的綠豆芽，配上小蝦仁、肉絲、韭菜大火一炒，湯汁都灌入小捲之中，金齏玉膾，適口充腸，跟刀削麵的滋味又完全不同。

山西朋友都認為穆大嫂炒的貓耳朵，因為腕力足，鐵勺翻得高，火力夠，加上小河蝦特別鮮，所以比在太谷祁縣吃的貓耳朵還要夠味。

撥魚兒

平津家庭主婦大概都會做「撥魚兒」。在大碗裡把麵和得較稀，用一根筷子順間隔，不要著碗沿，撥成長條，下在鍋裡，就成啦。在山西，撥得短而兩頭尖的叫「撥魚兒」，兩頭齊而且麵條比較長的叫「剔尖」，是有分別的。河北省人沒有那份手藝，只好剔尖、撥魚兒不分啦。做這種麵食，首先麵要和得恰到好處。先師蔭桐夫子有個廚師劉順，從小就在祁縣老家執役，據說他在祁縣就是出了名的剔尖高手，他把和得略稀的麵，放在平邊的瓷盤子裡，用一根筷子把麵剔成細條下鍋，一口氣撥完一盤，一根長麵條中間不斷，一根麵煮一鍋所謂富貴不到頭，真是神乎其技矣。

柳葉兒

「柳葉兒」，把麵擀成薄片，用刀斜切，每一根都是一頭寬一頭尖，形如柳樹葉子，把它放在鍋裡煮，這叫柳葉湯。北平人辦喪事如果夜裡放焰口，等焰口下臺，喪家請僧道喇嘛宵夜，一定都用柳葉湯，所以北平人嫌忌諱，平日沒有隨便做碗柳葉湯吃的。

壓合落

「壓合落」，山西人叫河撈，其實叫壓合落才合情理。記得前幾個月姜增亮先生在中央日報上畫過一幅「合落床子」。這種特製「床子」多半是棗木做的，架在灶上，把麵和好，放在床子當中圓錐形洞中，下有鋼片鑿上漏孔，用槓桿推壓活塞，麵從漏孔中被壓成細條直落鍋中，顧名思義，叫壓合落比叫河撈來得貼切。同時壓合落用豆麵、蕎麵等類來做，比較有咬勁、順口，如果用白麵來做，反而不如雜糧做的擋口了。

捻捻轉

「捻捻轉」，山西土話叫「抿蛆蛆」，用燕麥或蕎麵和成麵團，從一種特製

「手擠子」中壓擠下去，這種擠出來的麵的形狀，有點像蠶寶寶幼蟲，鬆散勁爽，用焦溜肉絲拌著吃，不但耐餓，而且爽口。所以出外短程旅行，吃了捻捻轉可以一天不餓，不過必要條件是一路飲水無缺，因為吃了捻捻轉最易叫渴，如果沒地方喝點茶水，那可就慘啦！

拖葉兒

「拖葉兒」是把菠菜或白菜、扁豆、茄子切絲，在麵糊裡一蘸，下在高湯裡煮熟來吃，既營養又實惠（**尤其受老年、牙齒不好的人歡迎**），冬天來吃，最為落胃。據說拳匪之亂，慈禧、光緒倉皇蒙塵西奔，懷來知縣吳漁川曾進過拖葉兒充饑，後太后回鑾，想起蒙塵時饑寒交迫時吃得有滋有味，還偶或傳知壽膳房做一餐拖葉兒吃，用以警惕呢！

搓搓兒

太谷還有一種麵叫「搓搓兒」，是把麵和好，不切不溜，用手把麵搓成細麵條，難在又勻又快。孔庸之先生有一年帶我去參觀銘賢大學，他老人家的表弟媳婦，在家鄉是做麵食的高手，為了歡迎孔氏，曾經表演過一次。在以往，把麵條刀切，細同一窩絲的我都吃過，像這樣用手搓得又勻又細的麵，還是第一次吃到哩！尤其是用口蘑肉片勾的醋滷，現在想起來，還饞涎欲滴、念念不忘。

總而言之一句話，講做麵食，依筆者個人的體會，哪省也比不過山西去。我們外省人頂多嘗過五六十種，已經算是不得了了，據老一輩的人說，還有一大半我們沒嘗過哩！希望在臺的晉省同胞，知道多少，就把它一一寫下來，免得這些做麵食的方法失傳。

揚州炒飯伊府麵

近幾年臺灣社會漸趨繁榮，在臺北全國各省口味的飯館無所不有，想吃什麼有什麼，其中以廣東、四川館子為數猶多。臺灣現在最流行的廣東飲茶，因為物美價廉，大家趨之若鶩，老人、小孩更為歡迎。

當年在大陸，大良陳三姑做的粉果潔晶靄彩，不但好看而且好吃。金菊園的蒸鯪魚球，魚刺剔得乾乾淨淨，魚嫩而鮮。佛照樓的蘿蔔糕，軟硬適中，煎好之後，每塊上都有蝦米、臘肉、香腸，真可以說是眾香發越，郁郁菲菲。

現在臺灣的粵式飲茶，雖然俯拾皆是，可是好像跟我無緣。第一，小籠蒸食所用澄粉，不是太糟（無論蝦餃、燒賣，隻隻黏底），就是邊硬而僵。講餡子粗枝大葉，論花色則一成不變，我就奇怪粵式飲茶，彼此競爭得非常激烈，廣告更是登得花樣百出，說得天花亂墜，可是點心本身的花式、味道方面，並沒有刻意求精求細，比起當年大同酒家仿榮記的豉汁雞球大包，蓮園仿馬武仲家的特製粉果，不但沒有一家師傅會做，甚至一般年輕師傅，聽都沒聽說過。一天到晚講宣傳，實際沒有好東西給客人吃，所以我最怕到廣式茶樓去飲茶。有時迫不得已必須光顧，只好叫一客炒飯（不敢叫燴飯，整枝半生不熟的芥藍咬不斷、嚥不下，實在令人發窘）或是一盤窩麵來充饑算了。

當年梁均默先生對於廣東菜點最有研究，他曾經問我什麼炒麵最好吃，我說「伊府麵」。他先以為伊府麵是淮揚人發明的，我說伊秉綬（字墨卿）是福建汀州人，是乾隆年間進士，做過廣東惠州、江蘇揚州知府，所以有人說他是廣東人，有人誤會他是揚州人。伊汀州工篆隸，尤富收藏，詩詞更是嶔崎明麗，晚年案牘之餘，喜歡研究飲饌之道。他在惠州官廨，有一位麥廚子，頗精割烹，他轉任淮揚時，因為賓主相處甚得，麥也隨任來揚，伊府麵就是這時研究出來的。據說做伊府麵在和麵時候加少許蛋白，擀成扁條，用大油微火炸至半酥，然後用雞湯半煨半炒，入口爽滑腴潤而不膩人。當年北平中央公園春明館有一位廚師叫老高，專門負責做炒伊府麵，他做的炒伊府麵確實跟一般飯館的迴不相同，不但不油，而且入口即化，對於牙口不好、不宜大油的老年人最為合適。所以春明館除了供老人們下棋品茗外，到了下午，差不多每位都會要一客炒伊府麵來墊墊饑，甚至有專門去吃伊府麵的。

伊汀州除了伊府麵外，還發明了揚州炒飯，所謂揚州炒飯，也是伊汀州跟麥師傅兩人研究出來的。炒飯所用的米必用洋秈，也就是西貢暹羅米，取其鬆散而少黏性，油不要多，飯要炒得透。除了雞蛋、蔥花之外，要加上小河蝦，選鈕扣般大小者為度，過大則肉老而擋口了。另外，金華火腿切細末同炒，這是真正的揚州炒飯。後來廣州、香港的酒家飯館都賣揚州炒飯，蝦仁大如現在的一元硬幣，火腿末變成叉燒丁，還愣說是揚州炒飯，伊墨老地下有知，寧不笑煞。我對炒伊府麵、揚州炒飯都有偏嗜，可是合乎標準的兩樣美食，已經多年不知其味了。

閒話嶺南粥品

中國有一句老話說：「吃在廣州。」因為廣東是最早的對外通商口岸，省垣華洋雜處，舳艫雲集，豪商巨賈，囊囊充盈，口腹恣饗。所出菜式，自然精緻細膩，力求花樣翻新。調羹之妙，易牙難傳，要說嶺南風味，足堪味壓江南，也不為過。

我們撇開華筵盛饌不談，就拿廣東粥品來說，就夠我們恣饗咀嚼半天的了。

廣東粥約分兩大類。一是「白粥」，又叫「明火白粥」，要用瓦製牛頭煲來煮。這種容器是圓桶形，有一尺七八寸高，圓徑七寸，煮的時候用井水大火煲三小時，米粒都溶化了，加一點精鹽，再佐以油條送粥，清爽宜人。另外講究的在水米翻滾之前，加入腐竹、白果，每隔十分八分鐘攪動一次，起鍋加上一小匙花生油，炒一盤龍門粉佐粥，那就更妙了。南海詩人何秀棣，在他的《瘦園詩草》中，有一首七絕：「玉樓銀絲品自佳，功調水濟味偏諧；何須寒食闕蕭賣，早起香風遍六街。」就是詠啜粥之作。

一是「齋粥」，是在白粥翻滾後，加上豬骨頭、干貝、大地魚同煮，用來做及第粥、魚蝦粥、雞鴨粥的粥底子。名為齋粥，其實是大葷，當初為什麼取名齋粥，實在令人莫測高深。

雞鴨粥就有好多種，有雞片粥、雞珠粥、鮮鴨粥、燒鴨粥、金銀鴨粥（鮮鴨燒鴨並用）。

魚粥有魚片粥、魚丸粥、魚頭粥，所有鱸、鯇、鯖、鯿、石斑、紫鮑只要刺粗肉細、鮮嫩少腥，都可入粥。聽說早年順德紫竹林酒家有鯨魚腸肚、鯨魚肝膏粥，廣州吳連記有鯨魚及第粥。那些屬於魚粥別裁，當年梁均默（寒操）兄曾經吃過，並且給吳連記寫了一張「饘粥恣啜，味勝椒漿」小條幅，以彰其美。到了民國二十四年以後，大概世界限制捕鯨，來源困難，在廣州就不容易吃到鯨魚粥了。

蝦粥正宗做法，是將明蝦切成薄片用滾粥燙熟的，不過廣東明蝦肉質不及渤海灣的對蝦細嫩。我覺得要吃蝦粥反而是軟殼小蝦仁來得明透鮮美。

在廣東，吃及第粥也很普遍，名堂更多得不可勝數。在粥裡加豬肉丸、豬肝、豬粉腸叫三及第；加青魚、腰果、豬心叫五彩及第、七星及第；加牛身上材料叫牛及第；加魚是魚及第；加蝦是蝦及第。總之，廣東吃粥，花樣繁多，真是一時說之不盡。

有一年我到新疆，住在迪化省府招待所。有一天管理員跟我說：「您府上三代跟廣東都有淵源，今天早上特地準備一鍋廣東的梁公粥給您嘗嘗。在西北，魚龍蝦鳳，吃魚粥材料比較困難，吃梁公粥味道可能還不輸嶺南風味呢！」粥一上桌，敢情是雞粥，作料還相當齊全，蔥花、醬薑絲、芫荽、胡椒粉、油條、薄脆無一不備。雞肉燉得糜爛，切絲留皮去骨，香美如油，塞上得此，堪稱細味異品了。

我問管理員，既然是雞粥，為什麼要叫梁公粥呢？他說：「這種粥是前幾年梁寒操先生指導省府大廚房做的，朱一民將軍主持省政認為可以仿效，並且命名『梁公粥』。南賓西來，我們會準備一餐來招待，吃過的人人讚美，所以成了迪化省府名點了。」

新疆在清代有左文襄的左公粥，到了民國又有均默的梁公粥，前後輝映，成為佳話，更可喜的是均默兄美食之名，味譽天山，傳到新疆來了。渡海來臺，因為彼此都是好啖成性，自然時共筵席，偶然間談到梁公粥，他說：「我只告訴他們雞粥的正宗做法，他們覺得好吃便把雞粥改成梁公粥了。倒是順德縣屬有個叫容奇的小鄉鎮有一種粥，叫貓公粥，是把老的公貓連骨煮粥，那比梁公粥更腴美甘鮮呢！」

我雖好啖，可是貓狗猴鼠一類動物，儘管鼎俎炙臘，我是概不沾唇。在廣東談吃，真是五花八門、無所不包，象肉千味，味各不同，等有機會再慢慢的談吧！

吃在江西

前幾天在天廚餐館跟楊叔瑾（家瑜）先生同席，楊是江西人，他說：「大作《中國吃》、《天下味》、《大雜燴》、《酸甜苦辣鹹》幾本談飲饌的書，我都看過，凡是中國各地餐館名肴書裡都談到，就是沒提到江西有什麼好吃的菜，以及有名的大小飯館。外省人常說，江西就沒有頂呱呱的飯館，更沒有什麼出色的菜，你的看法如何？」

筆者說：「這些話都是沒到過江西的人說的，其實江西東部跟閩、浙毗鄰，南部過了大庾就是廣東，西部溯江而上，就是嗜辣的川、湘，北部又跟以蒸菜出名的湖北接壤，江西省已經把中國東南半壁的飲饌，含英咀華，醲其精髓，又何必一定要有江西飯館呢！」這跟走遍全中國，也說不出哪家是地道的北平館子是同一道理（在臺灣有些飯館，招牌上寫著平津小吃，嚴格地講只能算登萊青的山東菜而己）。

當年貴省德化縣李木齋盛鐸太年伯說過：「江西省雖然沒有什麼珍饈美味，也沒有什麼出名大飯館，可是有一層，越是上食珍品，越要用江西細瓷來盛，美食必須美器，明乎此也足以自豪了。」這句話好像有點誇張，可是細一琢磨，還真是有點道理。

江西同胞每每自謙是簞食瓢飲不改其樂，文章節義之邦，不在飲饌方面加以研求，其實江西割烹之道早就頗著聲華、特擅勝場了。在海禁未開之前，從華北、華中通往廣州這一條國際貿易路線，就以江西贛州（古稱虔州）為必經之地。當年商賈雲集，輻輳頻繁，既然是雲擁駢闐，自然聲歌飲饌悉萃於此。乾隆戊戌正科江西大庾的狀元戴衢亨有一篇文章裡，讚美贛州的酒食，有牛唇龜首、鵝掌鱉裙、鼎俎庖宰，無不精妙的詞句，足證早年贛州的飲食是如何的饌膾精湛啦！

譚組厂先生有一年從廣州到南京，路過江西贛州，當地巨紳劉良湛，在他華蕚巷寓所設宴款待，他知道譚畏公是精於飲饌的，對於魚翅尤有特嗜。贛州有一家飯館叫張萬興，什麼糟煨鴨肝、紙包雞、芙蓉雙味燴鴨舌都是他家名菜，尤以紅燜排翅最為拿手，於是叫張萬興的頭廚到家裡來做菜。

張萬興聽說請的是「國府主席」，又是專講究吃魚翅的大行家。不但選用年分合適的大排翅（鯊魚過老或不及齡，魚翅雖大，均非上選），所用的配料雞汁、紫鮑、蔣腿都是擷取精華，刀工、火候當然更是小心翼翼、絲毫不敢馬虎。等這道砂鍋紅燜鮑翅上桌一掀蓋子，立刻瓊瑤香泛，翅潤汁肥。畏公固然是盡興恣饗，一般陪客也大飽口福。散席之後，畏公讚不絕口，認為廣州四大酒家謨觴、文園、南園、大三元都擅製鮑翅，講火工、滋味都不及張萬興做的香醋入味。曹薹臣（譚廚）如不是悉心指點，恐怕還不及張萬興。畏公臨走時一高興，還寫了「推潭僕遠」四個大字給張萬興做紀念呢！張萬興經此品題，從此名噪贛南，兩湖來客都要嘗嘗他家的紅燜排翅是如何的好法。其實除了魚翅，他家另外幾道拿手好菜，象肉千味，味各不同，均有獨到之處，不過為紅燜排翅盛名所掩，大家沒多注意罷了。

民國二十一年春假，我跟至好湯佩煌、劉孟白從漢口到九江、南昌去春遊度假，在南昌走過一家小飯館，看見好多人排隊等在那裡，跟路人一打聽，才知道是等著吃「㴘子米肉」的。什麼是㴘子米肉，不但我這北方傍子不知道，就連湯、劉兩位湖北佬也「莫宰羊」，可是又不便再問，怕人笑我們是鄉巴佬。於是第二天中午，我們三人一商量，也加入行列排隊，等候進餐。吃到嘴後才知道是「粉蒸肉」。

據當地老吃客說：「鄱陽湖附近汀州汊港，土地肥沃曲洄，有一種水稻，粒長而細、香糯可口，叫『柳溪米』。這家所賣『涮子米肉』是把柳溪米在鍋裡煸黃，加入秘製五香料研成細末，拿來蒸五花肉，滑美蒸香，爛而不膩，米粉甘滑，絕無雜質，下酒佐飯，兩俱相宜。不過這家飯館牌匾上寫明『叫化子館』，除了本地人習以為常，外路人看到叫化子館，總覺得彆彆扭扭、不十分願意光顧的，你們三位大約是好奇心驅使才來一嘗的吧。」吃完出門抬頭一看，果然是「叫化子館」四個大字。一般飯館取名，都力求堂皇典麗，居然有人取名叫化子館，未免匪夷所思，其中必定有道理因由存在。可惜問了幾位當地朋友，也沒有一位說得出所以然來，直到現今，這個謎底我還沒解開呢！

文芸閣的哲嗣公達年伯（**江西萍鄉人**）說：「鄱陽湖所產魚的種類繁多，吃魚講究『春鱖』、『夏鯉』、『秋鱠』、『冬鯿』。就拿歡蹦亂跳的活鱖魚來說，平津滬漢都無法吃到鮮活的，北方館糟溜魚片，正宗做法應當用鱖魚，如果拿活鱖魚來做，必定更好吃呢。還有我們江西銀魚也是一絕。湖北黃陂同胞說，雲夢紅眼墨尾銀魚是天下無匹；湖南長沙同胞說，洞庭湖通體透明的銀魚是天下第一美味；河北塘沽同胞說，衛河表裡晶瑩的銀魚，連乾隆皇帝都誇稱魚中『雋鱗之翠』；江西同胞則特別強調瑞洪鎮的銀魚是銀魚中的極品。其實這四種銀魚，烹調方法不同，滋味迥異，自難分軒輊。湖北的銀魚，把它製成魚麵，用菜心來煨，清雋芳鮮，調蘭味永，可算一絕。洞庭銀魚用冬筍乾煸來吃，宜飯宜酒更宜粥。衛河銀魚其白勝雪，拖麵來炸，骨脆肉嫩，吐不出一點渣滓，老饕們公認是佐酒的珍品。瑞洪鎮銀魚，新鮮的並不好吃，要先把銀魚晒乾，等吃的時候才用開水發開，用瘦肉、綠韭黃炒來下酒，據說要趁春韭上市來吃，一聲夏雷，銀魚就鮮味全失了。宋代名臣江西臨川王荊公，是最不講究飲食的先賢，可是臨川朋友說，王荊公特嗜銀魚做的雞蛋湯，雖然不知何所據而云然，由此可知江西銀魚是多麼鮮腴誘人了。」

江西各大城鎮飯館子都是打著外省招牌來號召顧客的，例如南昌的普雲齋誇稱其媲美北平的烤鴨，豐澤園以禮聘北平名廚來吹噓，松鶴園說是蘇州松鶴樓的分店，綠楊邨誇稱是揚州綠楊邨主廚到南昌來開的，台山園是唯一客家菜，怡紅園純粹是嶺南口味。其實江西贛州群仙酒樓的百澆魚頭，是在魚頭上澆一百次作料，魚頭鮮嫩腴潤，比西湖五柳魚有過之而無不及。這種做法費工費時，完全在火候上要控制得宜，不是烹調高手，無法做到恰到好處。

現在臺灣有好多飯館都有三杯雞這道菜，有位吃客自命為美食專家，大言不慚的說三杯雞是北平菜。其實追本溯源，三杯雞是道地的江西菜，是早年泰和縣二仙居一位廚師研究出來的（舍間也會這道菜，是文三爺廷式親自指點的）。主要條件是把佐料加足，用陶瓷缽子，封緊缽蓋，文火慢燉，不讓走氣，原汁原味自然一揭缽蓋香氣四溢。這種白砂加釉陶缽，是江西特產，北平根本沒得賣；愣說三杯雞是北平名菜，未免說話太離譜兒了。

鄱陽湖還有一種特產，在江西我沒吃過。在上海時，李祖發、唐瑛伉儷在寓所用下午茶，請我吃湯麵，香味濃郁，可是既非雞湯，又無絲毫味精，不知何以如此鮮腴。等麵快吃完，發現碗底有比米粒長一點的小魚一撮。李氏伉儷說：「這種小魚叫『鱘魚』，是鄱陽湖特產，漁戶把它晒乾，論斤來賣。李祖發先世做過九江道，知道鱘魚乾又鮮又補，所以每年鱘魚乾上市，總要買點留起來燉湯；拿來下麵，比蘇北的白湯麵還來得鮮美適口。」

鄱陽湖的水產中，好吃的鱗介類還很多，可惜每次到江西都是匆匆來去，短時勾留，無法慢慢品嘗；而當地人又不善於譽揚推薦，所以有若干美味珍肴都被埋沒，無人知曉，實在太可惜了。

贛州還有一家叫賓谷的大酒樓，也是擅做魚類的，什麼蝴蝶魚、小炒魚、紅燜墨魚、糖醋魚排，都是叫座的名菜。聽說這家飯館的老闆兼掌廚曾老四，人家尊稱曾四老爹，不但是烹魚高手，而且是屠狗行家。他有一種秘製香料，燉出來的香肉嫩而且爛，儘管恣啜，絕無異腥，有人吃過他燉的狗肉，香留齒頰，令人捨不得刷牙。可惜我雖饞人，對於貓肉、狗肉都不敢下箸，美味當前，也只好失之交臂了。

吃在察哈爾

上個月在建業大樓參加一處食品品評會，散會時，有一位二十多歲的青年朋友走過來跟我聊天。自我介紹他叫尹志恆，是察哈爾懷來縣人，父親從小入川，在成都讀書，母親是貴州人，所以對於家鄉風土、人物、飲食茫無所知。考進大學之後，同學中有愛開玩笑的說他是山藥蛋，再不然就說他是吃羊毛的朋友，他聽了心裡非常彆扭，難道察哈爾真就沒有可以在人前誇耀的飲食了嗎？「素仰您是飲饌專家，請您指點指點，免得人家一說俏皮話，我就成了鋸口葫蘆，無言答對。」我說我雖然在察哈爾沒久住過，可是來來去去也不止十趟八趟，在華北流行的一句諺語：「察哈爾的三宗寶：山藥、口蘑、大皮襖。」山藥蛋，不錯，察哈爾普遍種植馬鈴薯，又叫洋芋，可是當地人用花椒油大火快炒洋芋絲，雖然是極普通的菜，咱們就是沒人家炒得爽口好吃。後來細心跟人討教，才知道洋芋切絲後要把洋芋上附著的澱粉洗去，才會爽脆好吃。口蘑丁鮮美清香，愈往南邊運，香味愈芳烈，張家口的口蘑醬油跟湖南菌油都是炒菜提味的聖品。北方人過冬總得有件皮襖禦寒，最普通的皮襖，自然是老羊皮啦。當然口外（察省張垣）的灘皮比不上寧夏的竹筒灘皮，可是九道彎蘿蔔絲的皮筒子，數九天穿在身上輕而且暖，也就夠瞧老半天的了。

撇開三宗寶不談，至於有人笑話察哈爾人吃羊毛，那就更是大錯而特錯啦。察哈爾跟冀晉熱綏一樣，都出產黃米。靠近山西的陽原縣，因為風高土厚，出產一種很特別的黃米，胚芽皮粗而且厚，磨出來的黃米麵蒸發糕，由於糕裡有麩皮渣子，所以入口之後，覺著粗粗拉拉，像是嚼了一嘴羊毛，因而稱之為毛糕。如果把這種毛糕弄成小塊，蘸著口蘑肉片滷吃，眾香發越，別具風格。據說這對缺乏維他命B的人吃了，補益更大，跟察省朋友談起來，大家都饞涎欲滴呢！

察南懷來縣沙城鎮的製酒老師傅們製酒手藝也是一絕。當地「玉成明」、「迎香」兩家糟坊所產高粱酒，加上冰糖、龍眼肉、秘方藥材，再加當地產的青梅叫做青梅煮酒，青精玉芝，甘平清辛，啜露凝香，在巴拿馬賽會曾得過優等獎，不過本省人不忮不求，以致沙城煮酒其名不彰罷了。

永定河在懷來縣境有一小河套，出產一種白魚，鱗細肉嫩，用花椒鹽暴醃，跟飯卷子同吃，味醇而正，比諸松花江白魚也未遑多讓。只是未經騷人墨客題詠過，所以知道的人不多。不過在當地有句口頭語：「煮酒、懷魚、狼山糕（**狼山屬懷來**），西八里姑娘不用挑（**縣西八里一帶，少女個個都是絕色，不用挑選**）。」由此可見一斑。

在沒到過口外人的想法，紫塞邊寒，大漠茫茫，隱約幻渺。其實長城內外之間，除了牛群、羊群，還兼養豬。因為地廣人稀，豬圈極大，聽任豬隻自由活動，等於放牧。所以豬隻肌肉充實，膘少肉多，紅燒白煮，比江南、蘇、崑、錫、常一帶的豬肉毫無遜色。

在平綏路線的柴溝堡附近，有幾家燻肉作坊，家家都有百年以上的老滷。肉滷到快爛時候，撈出來用松樹枝、松塔、鋸末混合一起燻過，濃醇味美，別具風味。庚子之役，慈禧回鑾，嘗過此地燻肉讚不絕口。懷來知縣吳永是極會當差的幹員，立刻把這種燻肉列為貢品。每年交冬，壽膳房添上什錦火鍋，就少不了柴溝堡的燻肉供饌。誰說察省只知拿山藥蛋當飯，沒有好東西吃呢！

北平各乾果子鋪以及幾處廟會有一種無籽白葡萄乾賣，是宣化特產，有人說是西藏葡萄，瑩如玻璃，甘如醍醐，比舶來的美女牌葡萄乾便宜又好吃，每年不但遠銷平津滬漢，還參加過巴拿馬商展，也是一枝獨秀、壓倒群芳。你的同學所見者小，你又何必跟他們一般見識呢！

山東半島的幾種特殊海鮮

前幾天跟幾位不同省籍的朋友，到海鮮店去吃海鮮，每位都誇耀自己家鄉的海味如何鮮美，唯獨一位山東日照朋友郭兄只顧低頭大嚼，一聲不響。他人本剛毅木訥，看見大家互不相讓，他更不願跟大家一塊兒裹亂了。

我個人對於吃海鮮有一種體驗，凡是靠近熱帶或亞熱帶的海產，雖然繁多，可是經年氣溫偏高，動物生長迅速，纖維粗鬆，自然鮮度較差。山東半島的海產，雖然沒有東北海產來得細膩鮮嫩，但比江浙閩粵出產的海鮮，似乎各有千秋、不分軒輊。郭兄既不願跟大家爭論，我就代為發言。

就拿日照來說，一般蝦類都大如對蝦，四五隻蝦即夠一斤，小者像蝦皮，用細網在海邊打撈，運氣好的，半天就能撈個三幾百斤。在臺灣吃到蝦仁餃子，已經算是豪華，可是在日照吃一頓韭菜對蝦餡餃子，比豬肉白菜還便宜，足證對蝦是如何之多了。在民初北洋線海輪經過威海煙台時，多半不靠岸，停泊海中，小販划著舢板，紛紛登輪兜售大頭魚乾、對蝦乾，一百對只賣一塊大洋，能裝一大簍，拿來跟五花肉紅燒，不但香味怡人，而且甘旨柔滑，是一道吃饅頭的美肴。另外有一種變種蝦，長約五寸，粗約一寸，跟蝦的形態差不多，可是頭上多生一對蟹螯，當地人有的叫它蝦虎，有的叫它蝦婆，剪去頭尾，放在鹽水裡泡上一夜，肉已經變成半凝固體，不必蒸煮，只要蘸上高醋、薑末、醬油，用嘴一嘬，殼子裡的肉能全部吸出，比蘇州吃的滿台飛還要鮮美。清代狀元王可莊（仁堪）有一首五言詩詠蝦婆，說吃過蝦婆，三天內覺得吃什麼山珍海錯都不夠味，可見蝦婆鮮的程度如何啦。

山東半島黃縣的龍口，也是海產極為豐富地區，當地富源館有一道菜叫「爆炒海指甲」。海指甲生在海邊的沙灘上，長約三寸，寬僅七公分，生有一個淡青的薄殼，活像一枚人的指甲蓋。平時在沙灘上露出一半接受陽光、空氣的滋潤，遇有響動或有人經過，它感受震動立刻縮了回去，就像一根手指抽回沙堆一樣，不明究竟的人真能嚇你一跳。龍口海邊住的婦女都是挖海指甲的能手，眼尖手準的人，看它剛縮進洞去，立刻用鐵鉤把它鉤出來，用大蒜、莧菜大火炒來下酒，鮮嫩之極是其他海鮮比不上的。

煙台有一種海產叫「海腸子」，別的濱海地區似乎還沒見過，也可以說是煙台的特產。海腸子是手指粗細、長近一尺的紫紅色海蟲，就跟臺灣一度有人餵養的紅蚯蚓彷彿。用薑、酒、醬油、高醋、辣椒蘸一下鍋油炸，拿來下酒，香脆無比，比客家菜「炒脆腸」還來得鮮美；切成薄片煮湯食不留渣，明脆鮮美，更是一絕。不過本地人整條海腸子在滾水裡一燙就夾起來吃，好像吃紅蚯蚓一樣，外地來人多半就不敢領教了。

海蜇在煙台沿海也非常之多，輪船停泊海面，可以看到大片的海蜇在海面漂來游去，船上伙夫用鐵鉤把它們鉤上來，在甲板上用快刀割下幾片來，然後再放回海裡去，這種現割現做的海蜇無論是蜇頭、蜇皮，拿來下鍋一炒，脆爽清妙，比此間北方飯館的清炒蛋皮更脆爽多了。

石鱗魚是泰山黑龍潭特產，凡是登過泰山絕頂的人，必定取道黑龍潭下山。黑龍潭水黑如墨，深不見底，山瀑懸瀉，奔騰而下，在潭中激起無數漩渦。玉皇頂的道士說：「潭中蟄居一條烏龍，所以形象險惡。」潭內生長一種小魚，尖頭細身，鱗堅肉厚，當地人叫它「石鱗魚」，魚肉細嫩程度，很像蘇北里下河所產的刀魚，可是又沒有見刺。不過這種魚乾炸、清蒸、紅燒，都不十分入味，最好加上細蘿蔔絲，用大火燉湯，湯呈濃白，好像奶湯，漿凝玉液，鮮透齒頰，而且不加薑蔥，毫無腥味，可算一絕。魚肉蘸醬醋吃，有如吃大閘蟹；如用大火，讓湯多滾幾滾，則魚肉酥溶，化入湯中，只剩下一條三角形骨架子了。在山東泰安的大飯館都會做這種石鱗魚湯，其他縣分就難吃到了。

聽我這麼一說，山東這幾種海鮮，除了海蜇是常見之物外，其餘海指甲、海腸子甚至還沒聽說過，大家對於海鮮也就不爭短論長了。總之，越是寒冷地方出產的海產鱗介，不但組織細嫩，而且鮮度較高，嗜食海鮮的朋友必定能體會出來的。

江南珍味蘇州無錫船菜

民國十六、七年，旅居滬壖，在山景園吃了一次無錫菜，感覺齏羹鮪膾，色清味甜，自成馨逸。同座友人又盛誇無錫雕蚶鏤蛤，備極鮮美，於是動了逛逛黿頭渚、嘗嘗味壓江南船菜的念頭。談到吃船菜，上海太平銀行經理萬茂之、周滌垠兩位表兄弟都是識途老馬，而且門檻特精。我們一行六人，乘滬寧特快，到了無錫先下榻滿庭芳大旅社，準備第二天遊太湖、吃船菜。

當年先慈在蘇州到七紫山靈岩進香禮佛，是包一艘三艙兩篷、竹簾錦幄的大船，一開船就是川流不息的各樣甜鹹素點，下午燒完香回程，船家在日落西山的時候，如果不是吃長齋的香客，他們就開始開席了，清縹紫鱗，奇味雜錯，無不精美。這一桌菜，有個名堂叫「開齋席」，不但口味各異，而且花色繁多，一直吃到下船，才放箸停杯。這一天的花費，當然比蘇州最貴的酒席還要拍雙。可是嚌啜百品，恣饗竟日，也還算值得。

我以為無錫船菜，還不是跟蘇州船烹大同小異，實則大謬不然。無錫的船菜，聚集在城外西北角上，北門外往西，是很寬的一條碎石子馬路，路北有一排河房，風檽水檻，浮道相通。除了幾家著名的飯館子外，其餘都是廊腰縵迴、簾輕幕垂的「長三堂子」，也就是臺灣所說綠燈戶。這些房子在後半段都有風檽水檻廳，伸延到河面上。甚且有些娼家自備畫棟朱簾、鈿椅螺榻、備極風華的畫舫。這些畫舫不但中庭宏敞，可以擺一桌酒席，還可以放上一張牌桌，大家出入穿行，均無妨礙。以前無錫士紳宴客，多是在畫舫上先行竹戰、清唱、遊河，然後才開席飲酒進膳，這樣遊樂，叫「坐燈船」，是早年最豪華高級的享受了。這條河道雖非泓泓巨流，但是可以直通運河，順流北上，直航平津。不過自從京浦通車以來，大家為了經濟省時，都改乘火車，誰都無此雅興了。

我們此行，一切聽萬茂之提調，雇了一艘汽艇，拖著畫舫在無錫附近的黿頭渚、太湖玩了半天。一路上潭清玄鏡，空水澄鮮，這是江南特有的氣氛，紫塞荒漠的人是無法想像得到的。茂之昆季是吃菜坐船行家，他們說坐燈船最好不要吃酒席，今天叫的是哪幾位姑娘，就點她們的拿手菜。我雖有貪吃的盛名，可是哪位姑娘會什麼拿手菜，我是山東人吃麥冬——一懂不懂，只好請茂之、滌垠昆季點菜了。

無錫船菜，最高明的吃法是不拘樣式，讓姑娘們每人做一兩道自己的拿手菜，哪怕嫣紅做的是糟雞，姹紫做的也是糟雞，但是吃到嘴裡，可能手法差異，風味迥然不同。周滌垠說：「早些年『阿聽娘』調教出來的近十位倌人，每位都是烹調高手，不兩年都被豪商巨富量珠載去，現在應時當令的是『蘇阿姐』手下的四塊玉，玉玲瓏、玉晚香、玉彩霞、玉靈芝，今天我們雖然不用整桌席，可都是玉手親調拿手好菜。無錫菜向來以甜出名，恐怕各位對過甜的菜肴吃不習慣，所以關照她們，應當放糖的菜盡量少放。」

玉玲瓏家庭是太湖邊上的漁戶，所以她選蝦、抽腸、剪鬚都特別拿手。無錫聚豐園以熗活蝦出名，而玉玲瓏的雪熗水晶蝦能蓋過聚豐園，因為船菜用料少，所以選蝦特別精細。她把水晶蝦的鬚尾撓腳通通剪掉，抽去沙腸，用麻油、醬油、胡椒粉、蔥末兒，把蝦浸潤一下，用碗扣上，等掀開時再拌上高綿白糖，所以叫雪熗水晶蝦，比熗活蝦掀開碗蓋活蝦滿臺蹦跳的吃法要入味多了。

玉晚香的拿手菜是蟹粉魚唇。無錫梁溪有一種螃蟹，肥而堅實，腳爪是白色的，當地人稱之為玉爪蟹，剔出蟹肉，跟魚唇合煮，腴潤鮮美，比魚翅尤為醇厚。

脆鱔、肉骨頭，都是聞名全國的無錫菜，玉彩霞對這兩樣小菜都很拿手。玉彩霞說：「無錫最講究粗鰻細鱔，鰻魚是越大肉越嫩，鱔魚要選手指粗細的，魚肉才有甘滑細潤的滋味。鱔魚要先在水裡煮一滾，然後撈出來剔除腸骨，這樣煮過的鱔魚，魚血不致流失，對於貧血的人最為滋補。把鱔魚切成段，用老酒、醬油、冰糖屑煨個十多分鐘。入油鍋大火猛炸，炸成一條一條脆脆的鱔魚絲，拿來下酒。」南饌珍味可算一絕。

坐滬寧快車，或是京浦通車，凡是在無錫停靠，月臺上有小販叫賣肉骨頭的，每回帶點回家下酒，滋味也還不錯。玉彩霞做的肉骨頭，比小販賣的，不但高明而且味道不同。她說，做肉骨頭要選肉嫩的肋骨切成大骨塊，一般賣肉骨頭的為了顏色泛紅漂亮，同時賣不完可以多放兩天，大都用硝醃上一半天。她做只用醬油、酒、冰糖末、八角、茴香泡上一個對時，然後放到老滷裡，把鍋蓋蓋嚴，先用大火，後用文火慢慢燉。因為船菜上的肉骨頭，都是現做現吃，必須糜爛入味才能臑澆滑美，所以用不著加硝了。

玉靈芝是蘇州蕩口真正的吳娃，原本是蘇州船孃做齋菜能手。我們一行李駿孫、榴孫、竺孫三兄弟，都是從小茹素的，萬茂之特地找她來做幾樣齋菜讓李氏兄弟嘗嘗。她一人做了四菜一湯，四菜我只嘗了素鵝、臭干子兩樣。素鵝是用濕豆腐皮裹上香菜、胡蘿蔔、筍絲、冬菇、木耳炸過再燻，色呈金黃，吃到嘴裡別具馨逸。此菜端上桌來一掃而光，比葷菜更受歡迎，大家公認真的鵝肉絕無如此清雋甘醇。另一道是臭干子，蕪湖臭干子本已馳名南北，而合肥李相府所做的臭干子是赫赫有名，給他們李家人吃臭干子，豈不是孔夫子門前賣三字經嗎？誰知玉靈芝的臭干子，另具柔香，不輸合肥李府所製。做臭干子的老滷，有用莧菜根的，也有用毛筍片的。把莧菜梗子切成三寸多長，用溫水泡起來，泡上十多天，自然眾香發越，再泡白豆干，吃時放上冬菇、冬菜、榨菜上鍋大蒸。惡者菜上掩鼻，嗜之者認為上食珍味，那就是見仁見智，所嗜各有不同了。

久聽人說無錫船菜太甜，我們吃的幾樣絕無過甜感覺。前幾天香港來人說萬、周兩位與李氏已歸道山，悵望人琴，恍如一夢。

幾樣難忘的特別菜

到飯館子吃飯點菜，固然談不上什麼大學問，可是到哪省館子點哪一省的菜，如果點到當口上，掌勺的知道您是吃客，不但刀勺上下點工夫，就是堂口算帳，也不敢亂開花帳，讓您吃一餐物美價廉、適口充腸的美饌。不過有些極普通的菜，或因歷史淵源、地區性的掌故、省籍的不同，起了一個稀奇古怪的菜名，弄得不明底細的客人迷迷糊糊。現在把我所知道的寫幾個出來，供為吃的朋友們一笑。

「急裡蹦」。東興樓在北平算是數一數二的山東館子了，講火候的爆、炒、溜、炸，都很拿手。遜清貝勒載濤，有一天到東興樓吃飯，點了一個「爆雙脆」，其中一脆鴨肫，火候恰好，另一脆肚頭就嫌過火了。一問灶上，才知毛病出在肫肚同時下的鍋。他當時指點掌勺的說：「鴨肫跟肚頭雖然都是要用快火，可是火候不能一樣，一塊兒下鍋爆炒，肚嫩火候夠了，鴨肫則還欠火候，等鴨肫夠了火候，肚子又老得嚼不動了。多好的手藝，要是肫肚一同下鍋也沒法讓兩者都恰到好處，因此雙脆必須分開來爆，各自過油，然後勾芡上桌。」濤貝勒向來是不拘小節的，說完了一挽袖子親自下廚，站在灶旁做了監廚。兩位大師傅一看貝勒爺親自入廚，立刻精神抖擻，使出渾身解數，把灶火挑得一尺來高，揚勺翻炒，照指示先分後合，端上桌一嘗，果然色、香、味、脆無一不好。

濤貝勒鑑於指點成功，笑著說：「瞧你們急裡蹦跳的，真難為你們啦，賞每人二十塊錢，買雙鞋穿吧！」經此品題，「急裡蹦」從此就變成東興樓爆雙脆專有的名詞啦！

早年揚州鹽商們既有錢又有閒，所以頗講求口腹之慾。有一次我到揚州公幹，當地有一位票商周頌黎，知道我是北平來的，吃過、見過，於是他讓鹽號裡清客，跟廚下研究一、兩樣別出心裁的菜來誇耀一番。有一道菜上來，他說：「北方館子講究吃『拉皮』，今天我關照廚房做了一個『葷拉皮』，請您嘗嘗味道如何？」這道菜名為葷拉皮，說穿了跟粉皮一點關係也沒有，所謂「粉皮」其實是取自甲魚。甲魚以馬蹄大小為度，只取其裙邊，搗去墨翳，漂成白色半透明體，用雞油翻炒，加上蔥薑細末，裙片入口，即溶為膠汁，食不留滓，只覺鮮美。佳肴獨沾，確實開了一次洋葷，以後就從未見過誰家會做這道菜啦。

陝西地接西陲，春多風沙，冬季苦寒，照一般人想像，一定不會有什麼精美飲饌。可是自從明儒王石渠、韓苑洛兩位先賢在三原地方倡導所謂三原學派，人傑地靈，精研博考，文風大盛；在飲食方面，蘭肴玉俎自然精美。三原人吃麵的碗，跟臺南擔子麵的碗大小彷彿，三原人包的餃子，比大拇指頭一節大不了許多。他們雖然不重視山珍海味，可是對於刀法、火候、菜式、程序的講究，實在不輸江南。

三原有家菜館叫明德樓，雖非鼎彝環壁，但是湘簾棐几，倒也一派斯文。掌櫃叫張榮，他說是在寧夏學的手藝，在三原他算是天字第一號的名廚了。我第一天在明德樓吃白風肉夾燒餅，燒餅打得鬆而不油，加上肉又腴而不膩，我一誇好，張掌櫃認為我說的是知味之言，一興奮準備親自下廚，約我第二天去吃他做的「海爾髈」。他這一「海爾髈」可把我考住了，猜想不出海爾髈是什麼？

第二天等海爾髈一端上桌，敢情是紅燒大肘子，不過比一般燉肘子更香，還有乾對蝦味兒，可是海碗裡又沒有大蝦乾！肉是五花三層，肘子皮看上去油汪汪蹭亮，吃到嘴裡毫不膩人。他說這個菜是在寧夏都統衙門裡學的，他的師父「依克坦布奇」是當時衙門裡的頭廚，是前任都統裕朗軒從盛京帶到寧夏的，其師父是鑲藍旗滿人，海爾髈是一道滿洲菜。滿洲古老的燒肘子方法，是用整瓶糊米酒跟松花江的白魚乾墊底來燒，等肘子燉得稀爛，酒香、魚香都吸到肘子裡去，而肘子的肥油則全被魚乾吸走，所以肘子蘊有魚香肥而不膩；拿出來的魚乾，要是加粉條、白菜一熬，又是一道清雋實惠的下飯菜。這道菜雖然沒有什麼深文奧義，可是酒要一次加得足，不能中途掀鍋蓋加水，自然腴香誘人、原漿味美。後來我回到北平，教給庖人仿做幾次，似乎跟在三原明德樓做的味道不同，是否有什麼訣竅沒告訴我，就不得而知啦。

河北省正定縣在漢代屬常山，是渾身是膽子龍趙四將軍的故里，在平漢線上屬於三等站，特別快車經過是停靠的。有一年我搭平漢線火車去鄭州公幹，在正定站外路上搬錯道閘，前面貨車出軌，翻了兩輛，我坐的快車無法通過，只好下車投宿，等第二天路軌修好再走。同車的有一位石家莊人趙春坡，在正定開過染坊，他願做識途老馬，既不能走，索性在正定玩玩。

首先我們到當地人稱之為「趙廟」的趙四將軍廟瞻禮，這跟稱呼孔廟、關廟含有同樣崇敬的意味。廟貌雖不算十分偉麗，可也庌廡四達，穿廊圓拱、丹碧相映。神座左側有一隻兵器架，上面插著一枝鑌鐵長矛，據說從前有血檔紅纓，大概年深日久，變成禿纓長矛了。槍在架子上雖然拔不下來，用雙手卻能轉動，份量足足有一百斤以上。拜完趙廟之後，我們就趕到十字街的北樓飯館，品嘗當地名菜「崩肝」跟「熱切丸子」。

崩肝是選豬的沙肝，剔去筋絡，用開水一燙，切成細絲，加作料，用熱油爆炒，起鍋上桌。炒出來的肝絲，根根鮮脆，咬在嘴裡咯吱咯吱的響，所以叫崩肝。崩肝的配料北樓飯館用雞丁（**有的飯館用肉丁**），也能焦裡帶脆，那就是人家的手藝火工啦！

熱切丸子是正定特有的一道菜，在別處還真沒吃過。雞蛋攤得薄薄的，鴨肉剁成泥，加作料炒熟，把鴨泥捲在蛋皮裡蒸熟切段上桌，蘸著正宗特製的芥末吃，蛋皮嫩黃，鴨泥褐中帶粉，芥菜黃裡透綠，甭說吃，顏色已經夠誘人的啦。趙春坡說：「當年乾隆皇帝把金鑲白玉板、紅嘴綠鸚哥列入御膳房的上食珍味，如果他嘗過正定熱切丸子，對於前兩者，恐怕就不屑一顧了呢！」

傅青主是清初反清復明最激烈的一位學者，一舉一動都有熾烈的反清意識。太原開了一家小飯鋪，請他題名，他給這家飯鋪取名「清和元」，這家飯鋪以賣早點馳譽太原，其中以賣「頭腦」跟一種酥火燒出名。頭腦又叫八珍湯，湯裡煮的是羊的腰窩肉，粗枝山藥、粉藕切片，醃韭菜末，酒泡黃芪、黨參，據說吃了八珍湯可以醒腦益智。酥火燒別名帽盒兒，帽盒兒裡放的是清代官吏的頂戴，意為要把它吞在腹內。

清和元每天天不亮就下板做生意，門口一直點著一盞燈籠，表面上是說他每天下板早，其實骨子裡隱含「不忘大明」的意思在內。太原東大街清和元是最原始的一家，後來有人看他家生意大好，連大同豐鎮都開有清和園，實際已失去當初傳青主取名清和元的意義了。八珍湯這種早點在酷寒的冬季吃一碗，確實驅寒暖體，令人神清氣爽，不過江浙一帶朋友嫌它有股羶氣，大多不敢領教呢！

庚子拳匪之亂，慈禧率同光緒倉皇出走，一直逃到山西太原，才驚魂甫定，變逃難為西狩，繼續西行到了陝西西安。御膳房司役人等，大致都趕來隨駕，御膳房恢復了舊觀，因此也把西安的烹飪水準大大提高。羊肉泡饃，本來是上不了臺盤的粗吃，有一天，慈禧的鳳輦經過鼓樓大街，忽然聞到一陣幽椒配鹽、氣味芳烈的肉香，於是停輦駐驂，就在輦中吃了一碗熱呼呼的羊肉泡饃。據說回鑾之後，喜歡頌揚聖德的臣下們，把西安鼓樓前賣泡饃的老白家的門前取名止輦坡。從此老白家以原湯煮肉來號召，那肉燉得醲郁腴美，肥肉固然化為瓊漿，就是瘦肉也糜爛得入口即溶。

入民國，他家的生意越做越興盛，到西安來的外路人，如果不到老白家吃碗羊肉泡饃，似乎是太可惜了。同時他家的「灣口」在西安也是頭一份，外地人到西安，當地士紳都喜歡請客人到老白家吃「灣口」，以表示自己在西安吃得開。所謂灣口，就是大尾巴羊肛門四周的括約肌，因為纖維細韌，嚼起來鮮嫩有味，這跟吃牛頭筵，肉的精華是在牛鼻子四周的括約肌是一樣的。不過一頭羊只有一個灣口，宰三、兩隻羊，也不過三、兩個灣口，所以得之者往往誇耀自己運氣好，食指動，當天遇見什麼事都能得心應手，成了大家卜祈運道的方法了。

這兩年海鮮店大為走紅，臺灣各縣市，從南到北，觸目都是金碧輝煌、晝夜璀璨的海鮮店。有一次我在東港吃海鮮，東亞樓老闆跟我說有剛出水的大蛤蜊，那跟江蘇武進孫家酒店的大蛤蜊可就沒法相比啦——孫家酒店是以賣「土紹」出名的。掌櫃的大家管稱孫老太婆，雖然不賣炒菜，可是她家下酒小菜隻隻精彩。她看客人酒已喝夠了，便將白砂鍋蛤蜊燉南豆腐端上桌來。據說武進河汊子裡活水河蚌，有長達七、八寸的，孫家酒店這道菜都是孫老太婆自己動手，絕不假手於人。她把殼內泥沙洗得乾乾淨淨，用竹篾帚把韌肉搗爛，用吊好的高湯，豆腐幾乎煮化，架在紅泥小火爐上上桌。另配茼蒿、細粉，亦湯亦菜任客煮食。無錫常州一帶的菜肴，對我們口味重的人會覺得太甜了一些，這道菜可以甜鹹自理，吃了這道，無一不是讚不絕口，所以北人南來，對於這道菜印象最深刻了。

中國各省幅員廣袤，一個小城鎮都有它的拿手菜，一時也說之不完，我拿幾樣特別菜來說說，無非是解解饞、聊以解嘲而已。

故都的羊肉床子

北平是六代皇都，雄偉壯麗，內外城幅員廣袤、人口眾多，居住卻顯得非常鬆散。雖然東、西、南、北、中各有幾處魚肉蔬菜雜陳的大菜市，可是北平人日常飲食簡單樸實，不是接待親友、延賓請客，是很少跑到大菜市買些珍錯魚蝦自己大嚼一頓的。每餐有點小葷，就覺得很不錯啦。因此三五條街百十戶人家，必定有一家油鹽店帶菜魁，一家蒸鍋鋪，羊肉床子斜對豬肉槓，大概一日三餐的伙食就可以備辦整全啦。最奇怪的是豬肉槓跟羊肉床子總是斜對面，很少開在並排的，究竟是什麼緣故，就連當年「北京通」金受申也說不出所以然來。

大的羊肉床子，每天總要宰上十隻八隻大尾巴羊。一清早清真寺的阿訇就來了，誦完經後，宰割剝皮。當年筆者在崇德中學念書的時候，每天必定要經過西單南大街牛肉灣，把口兒的一家羊肉床子，天天這時候剛好把去頭剝皮的羊，一隻一隻正往鋼鉤子上排，血肉淋漓頗有令人不忍卒睹的感覺。羊肉床子百分之百是清真教朋友開的買賣。北平早年有千豬萬羊的說法，牛肉似乎不在日常肉食之列，除了論斤賣生羊肉之外，偶或也有兼賣牛肉的。一般小一點的羊肉床子還附帶賣蜜麻花、豆沙燒餅、羊肉包子，按季節不同還賣燒羊肉、羊雜碎、羊雙腸，最令人不可思議的是還賣明目羊肝丸。醬牛肉、醬羊肉一年四季都有得賣，燒羊肉可要等丁香開花、花椒結蕊的時候才上市呢！

燒羊肉是夏季最受人歡迎、爽而溫潤的美肴。先用老湯把羊肉燒爛，然後再用滾熱香油裡淋過，淋的時間長短攸關肉的老嫩，能否做到外焦裡嫩，那就要看案子上的手法了。燒羊肉多半是下午的三點鐘出鍋，把燒好的羊頭，用一張菜葉塞在羊嘴裡往鋼鉤上一掛，就是告訴大家，燒羊肉出鍋啦！燒羊肉說是全羊，其實以羊臉子、羊信子、羊腱子、羊蹄、羊雜碎幾種最好吃。凡是到羊肉床子買燒羊肉的顧客，多半自己都會帶一口小鍋去，為的是要點肉湯帶回去，彷彿買燒羊肉不要點湯，就顯著您是砂鍋安把——怯勺啦。燒羊肉湯放點鮮花椒蕊，拿來拌麵吃，香泛椒漿，縹清味爽，是夏令食譜中清雋妙品。

羊肉床子附帶賣的羊雙腸，也是別具風味的一種小吃。雙腸是用羊血拌和羊腦，灌在羊腸子裡做成的，多在每天的上午出售，也就是在清晨捆羊不久（清真教人不說宰羊而說捆羊）。雙腸買回家後洗淨，放鹽水中略煮，然後切段，用芝麻醬、醬油、香醋、香菜拌來下酒，是喝早酒的美肴。清真教人不吃血類，所做雙腸是專門賣給大教人吃，他們自己是不動的。

羊肉床子賣的蜜麻花，以西四後泥灣洪橋王家炸的最好。他家的麻花炸得酥而且透，潤不見油，蜜也裹得勻，不黏牙、不膩人。聽說敵偽時期，糖蜜均列為軍用統制物資，蹬三輪兒的汗出得多，缺少糖分，蹬起三輪就覺得有氣無力，據說兩個洪橋王的蜜麻花一下肚，立刻精神抖擻，氣力倍增。後來洪橋王規定，一個下午只賣三百件蜜麻花，油鍋還沒涼透，蜜麻花已經賣光了。後來的人只好買幾隻豆沙燒餅啦，雖然沒有蜜麻花甜，可是在白糖缺乏時刻，能吃到甜豆沙，也算不錯了。

羊肉包子蒸好一出屜，嗜者說香聞十里，怕羶的人簡直要掩鼻而過。筆者雖然吃羊肉，可是對於羊肉包子的腥羶實在不敢領教。我有一位朋友 **John Mitt** 是高加索人，他豬肉、牛肉都不進口，只吃羊肉。他說可惜北平的羊肉嫩雖嫩，卻絲毫沒有羶味，吃起來實在不過癮。有一次他經過一家羊肉床子，正趕上新出屜的包子，他認為那才是羊肉的正味。去年我在加州一個飯館進餐，鄰座一位客人點了一客烤羊排，要越肥越羶越好，我才了然有些人吃羊肉，就是吃它的羶味呢！

從前北平有兩家以醬牛肉、醬羊肉、燒羊肉馳名中外的老店。一家是前門外門框胡同的德盛齋，他家以賣醬牛肉出名，一間小巧玲瓏樸素無華的門面，若非知道內情的人，斷難看得出他家每年若干醬牛肉運往全國各地，甚至遠及歐美各國。有些吃過他家醬牛肉的外國朋友說：「德盛齋的醬牛肉夾麵包，其味香醇鹹淡適口，比漢堡、熱狗都好吃。」可見口之於味，中外同嗜，真正好吃的飲食，大家都喜愛的。

在前門裡公安街有一家專賣燒羊肉、醬羊肉的月盛齋，它跟市警局比鄰而居，走到警局門前，即可覺得香霧噀人、肉香四溢了。據說月盛齋有一鍋老湯，是前明留下來的，每天燒開一次，從未間斷。這個老湯鍋，五年換新一次。傳說在日據時期，在月盛齋作坊後院堆了有上百隻大鐵鍋，日本人在抗戰末期，到處搜刮五金材料，月盛齋大鐵鍋在「大東亞共榮圈」犧牲奉獻口號下，全部報銷啦。所幸日本華北駐屯軍有幾位高級將領對月盛齋的醬羊肉頗有好感，因此那鍋歷經多次改朝換代的老滷原湯幸獲保存。八年抗戰後回到北平，月盛齋的醬羊肉居然原湯原味毫未走樣，而帶到外地送人的行匣，反而做得更為精巧大方。

前些時有位僑美多年的好友，以洋人身分回北平探親，正趕上月盛齋懸匾復業。據說「紅衛兵」造反時期，愣給月盛齋戴上一頂資本時代產物的帽子，把月盛齋從裡到外生財家具全部搗毀，那鍋老湯自然也被潑掉。直等「四人幫」失勢，中共認為月盛齋還有招徠觀光利用價值，才又准他重新懸匾，恢復舊業。可是老滷已無，想吃當年沉郁縹清滋味的醬羊肉已經渺不可得了。

德州扒雞枕頭瓜

最近報紙刊載，基隆市一家叫「德州」的啤酒館，申請營業執照時被市府工商課批駁，理由是「德州」為外國地名，按照規定不能核准。因為凡是外國化的商號名稱，包括外國地名、人名、國名，都屬禁用之列，德州的名稱，顯然是引用美國德克薩斯州的州名簡稱而來，所以不准。咱們中國人把德克薩斯州簡稱德州，可是在美國佬嘴裡，還沒聽說哪一位把德克薩斯說成德州呢！

小時候讀地理，就知道山東省有個不折不扣的德州，出產一種長形西瓜，跟現在臺灣出產的冬瓜長短大小彷彿，皮薄、水多、籽少、蜜甜。後來在北平果局子看見這種長形西瓜，上面還貼著鑲金邊紅紙條，上面寫著「山東德州枕頭瓜」，因為瓜是從遠地運來的，價錢自然比本地西瓜要貴多了。

當年筆者在鐵道部時，曾經參加過「鐵展」工作。鐵展是把全國各鐵路沿線特產，在各大都市舉行巡迴展售。因此，發現平浦線德州出產扒雞，平漢線道口出產燒雞，北寧線唐山出產燻雞，名稱不同，做法也就各有千秋。

據曾養甫先生跟我說：「你如果坐火車經過德州時，一定要讓茶役到站臺外面給你買一隻扒雞來嘗嘗。可是有一點，千萬別在站臺上跟小販買，碰巧了你吃的不是扒雞，而是扒烏鴉。快車經過德州時，多半是晚飯前後，小販所提油燈，燈光黯淡，每隻扒雞都用玻璃紙包好，隻隻都是肥大油潤，等買了上車，撕開玻璃紙一吃，才知道不對上當，可是車已開了。」

有一年我從上海回天津，在車上想起曾先生說的話，火車一過禹城，我掏給茶役一塊大洋，囑咐他一到德州就出站給我買一隻熱扒雞、兩個發麵火燒來。茶役知道我是部裡人，多下錢來當然是小費，所以車停下來不一會兒，就給我揀了一隻又肥又大、熱氣騰騰的扒雞跟火燒來了。他重新換了茶葉，釅釅的泡了一壺香片來，撕扒雞時還燙手呢！這一頓肥皮嫩肉、膘足脂潤的扒雞，旅中能如此大快朵頤，實在是件快事。吃飽連灌幾大杯濃茶，覺著吃得過量，只好倚枕看書，車過滄州，才敢就臥。哪知一枕酣然，一睜眼已經到了楊柳青，早已過了天津兩三站啦，只好等車到了北平東站停靠，再換車折回頭去天津。

這件嘴饞誤車的事，後來被部裡幾位同事知道，說大禹治水，三過家門而不入，調侃我可以踵武前賢了。因為德州問題，想起了以往這段趣事，所以寫出來，聊博好啖朋友們一粲。我們山東省的德州（後改德縣）怎麼會一下子搬到太平洋彼岸去了。

菊前桂後憶鮰魚

中國幅員廣袤，江河湖海所產魚介種類繁夥，可是有一共同缺點，就是肉越細嫩，冗刺越多。有一次筆者被魚刺卡住咽喉，不上不下，找醫生動了小手術，才把魚刺鑷出，所以對於吃魚懷有戒心。不管魚多鮮美，凡是刺多的一律停箸不吃。

有一年，我到泰縣謙益永鹽號開股東年會，會後經理周植庵請我小酌，席上用白地青花三號海碗盛上一碗紅燒魚來，無頭截尾，好像一碗走油蹄膀。主人聲明這是廚房主廚的帥師傅特地給我燒的敬菜「冬筍爛鮰魚」。周植老說：「鮰魚是里下河特產，銀桂將謝，籬菊初綻，正是吃鮰魚的時候。揚鎮喜歡吃鮰魚的朋友，真有趕來嘗鮮的。帥師傅原是令祖用的家廚，做鮑魚素稱拿手。他聽說少東家來了，又碰巧今天有新上市的鮰魚，芹獻之敬，你就多吃點，別辜負他一片誠心吧！」他做的鮰魚，鹹淡適度，肉緊且細，芳而不濡，爽而不膩，吃了四大塊魚肉，只出一根大刺，在我吃過的魚類裡，鮰魚算是最大快朵頤的美肴了。

後來于役武漢，時常到橋口的武鳴園吃河豚，跟堂倌混熟。他告訴我，鮰魚是魚裡最肥潤的一種，等鮰魚上市，請您來嘗嘗，就知道它有多好吃啦！武漢綏靖公主任署同寅趙知柏兄，他的尊人經營漁業公司，所以對於各種魚類頗有研究，他說：「鮰魚在《本草綱目》中，稱作『鮠魚』，是江淮間所產無鱗魚的一種，也算鱘屬，頭尾身鰭俱似鱘，鼻短，口在頷下，腹似鯰魚，身有肉鰭，『鮠』、『鮰』音極近似。大家叫慣鮰魚，『鮠魚』這個名詞，反而變為冷僻，沒人知曉了。」知柏兄引經據典而談，他的話是信而有徵的。趙兄認為武鳴園雖然在漢口甚為有名，他家的河豚，吃過的人從未出過事，鮰魚不過是湯濃味厚，實在不如鮰魚大王劉開榜的手藝，有機會你到劉開榜酒樓吃一次就知道他與眾不同啦！

果然過不幾天，綏靖公署辦公廳主任陳熾新（光組）給劉多荃旅長在劉開榜酒樓接風，用的是整桌鮰魚席，煎、炒、烹、炸、蒸、氽、燉、燴，一律以鮰魚為主體。劉開榜跟陳氏的淵源甚深，當時陳在武漢又是炙手可熱的人物，這一桌菜甘鮮腴肪，味各不同。他家最膾炙人口的魚雜燉豆腐，劉氏連吃三碗，彷彿意猶未足。同座既濟水電公司經理劉少岩，在武漢飲食界向稱大手筆，也承認從未吃過這樣郁郁菲菲、眾香發越的鮰魚席。

劉少岩兄說：「黃石港水泥廠的廚師蘇萬弓，是武昌四大徽館之一的太白樓的頭廚，做鮰魚另有獨到之處。因為鮰魚要等它溯江而上網捕來吃，等游到宜昌一帶產卵而回，肉老而癟，就不叫鮰而叫鱒了。」於是決定下一星期，由少岩兄假座黃石港水泥廠的貴賓室，再痛痛快快吃一次鮰魚。那天還來了一位不速之客，農民銀行總經理呂漢雲，他祖籍杭州，寄籍湖北，家裡開有糟坊。他帶來半打自己釀製的「九醞桂花露」，色如琥珀，濺齒流甘，旨酒佳肴，相得益彰。

蘇廚是日除了酒菜外，主菜是紅燒、白燒鮰魚各一陶盔。盔有兩耳，蓋頂踞一猛虎，式樣古拙，而且份量奇重，用來煨燉菜肴，絕不散香漏氣。一般吃鮰魚愛紅燒者，嗜其膏潤芳鮮；愛吃白燉者，品其瓊卮真味。所以紅、白雙上，讓客人嚌啜恣饗，各取所嗜。「鮰魚薺菜羹」，鮰魚無小刺，除去中骨邊刺，用雞湯一汆，勾芡加白胡椒、綠香菜，另附油炸把尺許鮰魚細粉絲一盤，呷羹時可以和入，聽客自取，熱鏊翻絲，有類喬雲，跟北平春華樓銀絲牛肉有異曲同工之妙。最後大菜叫「餶飿菜」，光組兄說這個菜名來源甚古，青精玉芝，蟹螯翅鮑，嘗鼎一臠，百味雜陳。鮰魚汁露精美，比諸一品鍋佛跳牆，尤勝一籌。

這一席香醑妙饌，羽觴盡醉，推潭僕遠，回味醰醰，一晃數十年，大概是七八或十多年前在臺北市瓊華樓跟陳熾新同席，他跟我賭酒猜拳，他說：「想起黃石港吃鮰魚的盛況，大家興高采烈，恍如昨日，現在恐怕只有你我二人了。」一算來算去，真是只剩下我們兩個老厭物了，誰知過了不久，他也駕返道山。臺灣沒有看見過鮰魚，就是有人弄一桌鮰魚席出來，現在只有頹然一老，我也沒有當年的豪情逸興了。

口蘑的話

現在臺灣菜市裡菌子的種類甚多，什麼金針菇、鮮草菇、鮑魚菇、臺產冬菇、進口冬菇，五光十色，種類繁多。樣子雖然都跟大陸菌類樣子差不了許多，可是鮮度就兩樣啦。

筆者小時候就懂得吃口蘑，也愛吃口蘑，因為先君的乳母（**我們叫嬷嬷奶奶**）的長公子楊尚志（**我們稱呼他嬷嬷大爺**），在張家口開了一家皮貨莊，還有一家口蘑店，又是張垣商會的會長，一年總要到北平來個三五趟，一來探母，二來接洽生意，每次都帶些大包小包不同種類的好口蘑來。

他說：「察哈爾是漢蒙雜處的省分，漢人詞彙裡就夾雜著不少蒙古話。我們吃的蘑菇，就是蒙古話『蘑哥』的轉音。有人說南方人叫香菇，北方人叫蘑菇，雖然同屬菌類，可是滋味鮮度迥然有異了。因為它生在張家口外離離草原上，所以叫口蘑。塞外牧草長得高，蒙古同胞逐草牧放，他們吃剩下的殘肴碎脯、牛羊血臟，任便拋棄在草地上。積年宿草，冬天被風雪偃伏在草地上，形成厚厚的草床，有冬雪的滋潤，漸漸變成含特種有機成分的腐植土。等到新草竄出，就在上面搭起矮小天棚，保持草內水分，遮蔽直射陽光。夏末秋初，再來上幾場連天雨，溫度高、濕度大，菌絲最易繁殖。菌傘一片一片從腐植土裡冒出來，這種剛一露頭的幼菇，顏色潔白，鮮味濃郁，當地人稱之曰白菇，是口蘑中的珍品。等菌傘紋理龜裂，顏色轉為棕褐色，就是中下品口蘑了。」

「採口蘑也有專門技術，採取遲早，對於品質好壞大有關係。菌傘要圓，紋路要深，四圍草色滋綠，才是上等口蘑。最大的口蘑，在採收下來未晒乾之前，傘帽圓徑有七八寸，重達一斤左右，拿來燉雞不但鮮腴無比，對於肺病最為滋補。我們定興鄉紳鹿莫五把這晒乾的成品，行話叫『雲片』，拿來燉羊肉，具有冬天可以不穿皮襖過冬的效果。另外有一種最小的口蘑，傘帽比指甲蓋兒還小，是口蘑中珍品，行話叫『白蘑釘』。因為產量少，味濃郁，所以比一般口蘑價錢貴上兩三倍，各口蘑莊收進的白蘑釘，大部分是歸北平各大飯莊整批分了去。」

「俗語說，張家口三宗寶，口蘑、莜麥、大皮襖。我開的是皮貨莊、口蘑莊正式行號，經過關卡照章繳納貨物稅，極品口蘑為二十五到三十銀元一斤，值百抽三，所以從張家口回來的人總打算偷帶點口蘑送送親友。因為真正的口蘑香味特別，不管您帶多少，藏得多麼隱蔽，香氣外溢，總是讓關卡人員給翻出來，補稅之外還要罰款。所以張家口有一句笑話是『大偷駱駝小偷羊，就是口蘑沒處藏』。」

嬤嬤大爺他從張家口帶來的精選口蘑，因為身分關係都規規矩矩完納稅捐，就這樣也比在北平海味店買的便宜很多，所以我們家裡一直有好口蘑吃。

口蘑的好壞，一嘗便知。除了察哈爾的口蘑清香敻絕之外，熱河出產一種榛蘑，是生長在榛子樹下的小菌子，傘帽顏色是咖啡色，菌柄比口蘑略長。我在熱河時曾經代表北票煤礦為所得稅事，到承德地方法院出庭作證，住在一位世交鮑君家裡。他晚上給我接風，一道菜是榛菌燴蒲瓜，據說這種榛菌，熱河也只有赤峰、圍場兩地出產。圍場土厚泉溫，圍場榛菌早年列為貢品，這種菌香味甘純縈繞，最為噀人。另一道菜是猴頭煨魚腦，從前只聽說四川出產猴頭菌，又名馬蹄包，想不到一南一北都產這種菌類，猴頭菌有中型釋迦果大小。因為熱河到處有溫泉，地溫特高，所以鰱魚特別肥碩。兩者相輔相成，潤氣蒸香，比一般砂鍋魚頭要好吃多了。想不到在紫塞邊關能吃到這麼好的蘭肴玉俎，那就是個人的口福啦。

民國初年，北平中央公園裡，有個雲貴飯館叫長美軒（後改上林春），我最愛吃他家的乳鴿紅燜羊肚菌。這種菌子顏色墨黑，菌傘真像一柄未撐開的傘，皺紋纍纍，久燉不壞，所有乳鴿精華全被它吸收。北平市長何其鞏雖然是安徽人，卻最愛吃雲貴菜，如果熟人請他在中央公園吃飯，他必定點長美軒，而不去來今雨軒，目的就是要吃長美軒的紅燒羊肚菌。抗戰期間我曾經到了羊肚菌產地雲貴邊區，飯館裡燒出來的羊肚菌，無論如何都趕不上長美軒做的濃郁入味，可能非關菌的良窳，而是割烹之道精純與否吧！

民國二十二年，我在武漢得過一次傷寒症，病後體虛氣弱，住在武昌黃鶴樓的積善堂養疴。世交方耀庭（本仁）先生，天天讓積善堂的工友給我燉雛雞乳鴿湯喝，湯清味永，從來沒喝過這麼鮮而不油的清湯。後來工友告訴我，督辦（稱方先生）送來一大包賽夏，每天煨湯都放幾片，據說這種東西是從好遠好遠的地方來的，功能補元益氣，所以我大病之後，能恢復得那麼快。

後來請教方老，他說，西藏班禪活佛在杭州舉行護國息災時，輪金剛法會交屈映光送給他的，是藏北草原特產，當地人叫它賽夏，其實就是口蘑。如果有鮮黃花拿來一塊兒燉乳鴿吃，對於病後復原，有如靈丹妙藥。方老盛意拳拳，我連吃七八隻乳鴿，果然病體復健很快。後來漢口基督教醫院甘院長悉心研究化驗，賽夏所含營養成分確實不輸高單位多種維他命呢！

我在漢口時，就聽朋友說湖南菌油如何鮮美，後來到長沙、常德特地嘗了嘗這種特產，其鮮度也不過跟口蘑醬油差不多，覺得湖南菌油不過徒具虛名而已。後來到了衡陽住在學弟劉孟白寓所，他家女傭宋嫂擅長熬菌油。她說：第一菌子要選得精，老嫩大小要整齊劃一；第二熬菌油的火候要把握得恰到好處；第三菌油熬好最好裝罎密封，放在陰涼地方，避免日光直接照射。擱上一年，再開罎取食，自然甘鮮。這種菌油的鮮度有逾廣東香山蠔油，彼葷此素，所以一般茹素老人、持齋居士都把菌油視同調味神品。

臺灣農業界朋友培育了不少菌類新品種，不過臺灣高溫多濕，土壤貧瘠未盡理想，菌類又係人工培育，化學肥料促長過速，所以臺灣菌類既無法媲美口蘑，也無法跟西南菌類互爭短長了。

熊掌瑣譚

八珍之一的熊掌，筆者在十二、三歲時就開過洋葷了。當時清史館的協修袁金鎧忽然兩腿僵直，只能挪蹭而行，不能舉步。經過北平幾位名醫會診，遜清太醫院御醫張菊人認為燉點熊掌吃，疏通橫紋筋，可能恢復步履。

清史館館長趙爾巽知道同年瑞洵（景蘇）存有熊掌，同時打聽厚德福有位廚師解實峰，對於煨熊掌非常拿手，不過熊掌難求，解實峰變成英雄無用武之地。這次小聚由瑞景蘇出熊掌，趙次珊（爾巽）請客，目的是給袁老醫腿。這份熊掌雖僅一隻，可是發開之後，一隻海碗盛得滿滿的。熊掌腴潤肥腯，吃到嘴裡很像吃特厚極品魚脣。這道菜吃完，堂倌立刻奉上滾熱手巾擦嘴，不然的話，嘴就膠著張不開了。

民國三十五年，我倉促渡海來臺，在泰縣鹽棧的廚師劉文斌亦隻身來臺，只好仍在舍間司爨，後來我奉調嘉南工作，他年老畏熱就到航運公司，想不到在敵偽時期，他從李長江公館學會了煨熊掌的手藝，如果有人自備熊掌，他可以代做，因此劉廚做過幾次熊掌，聲名大噪。

前幾天，我跟幾位吃過劉廚手藝的人談起，現在臺灣恐怕沒有人會煨熊掌了。我說：「我覺得熊掌除了腴厚肥腯，並不能算是什麼佳味，臺灣現在雖然不一定有人會做，可是香港跟德、法的中西廚師，有這份手藝的還頗不乏其人呢！早年在香港吃熊掌真貨甚少，很多酒家用的都是充裝貨，有時用駱駝蹄，有時用牛筋，酒家還預備真熊掌做道具。有些海派酒家另用高腳瓷碟，盛上熊掌骨骼架子，同客人「照實」，在珠江流域固屬事非尋常，可是讓東北人看來，未免令人笑掉大牙了。

上海服裝設計專家江小鶼，當年在上海靜安寺路開了一家雲裳服裝公司，因為地點適中，所以他的辦公室樓上變成了我們的俱樂部。有一天名攝影家李金髮忽然談到吃熊掌，他說：「中國人覺得只有我們會吃熊掌，其實法國巴黎有一家飯館叫翡翠園的，由全法國四大名廚之一瑞玏蒸主廚。他的拿手菜中文譯名叫『麒麟熊掌』，用火腿、草菇清燉。在歐陸吃熊掌分『乾貨』、『濕貨』（又叫急凍貨），燉好之後溫潤縝密，澤如脂肪。在外國能吃到這樣的火候菜，實在難能可貴。」

同座的籍孝存是新從德國回來的，他說他曾經應一位野味名廚 WIBBTKT 之邀，到 WIBBTKT 在法蘭克福的野味餐館吃德國式鐵扒熊掌，不過炮製起來頗費時日，也不是隨做隨吃的。先用香料、紅酒蒸得糜爛，然後切皮鐵扒，一半還嵌上肉餡，菜端上來再加上檸檬汁、德國酒少許，入口甘肥，味道濃腴，大都認為德式做法不在中國煨熊掌之下。

有一年世交范冰澄先生在哈爾濱以華方首席代表身分出席中東鐵路某項會議。會後聚餐，俄方有一位代表涅彼洛夫，是有名的俄國易牙，烹製熊掌尤擅勝場，作做煙熊掌味醇筋爛，膏腴多脂，與會人士無不同聲讚許。據說他用冬蟲夏草燉熊掌更是一絕，帝俄時代曾在御前獻技，他跟俄方首席代表是郎舅姻親，所以才能在中東鐵路廁身理事，可見俄國共產黨也講人際關係。這一暢談熊掌，談得大家食慾大振，而在雲裳公司來喜飯店，大家既無熊掌可吃，只好啃兩隻醃豬腳，喝兩杯丹麥黑啤酒解解饞吧！

金齏調鹽話醬園

中韓日三國人對醬菜好像都有特嗜，尤其中國人，每日三餐啜粥呷飯全少不了醬菜。去年我在美國舊金山的中國食品店，先看見一位外國男士在買整包的大頭菜，又看見一位黑皮膚胖太太買什錦罐頭醬菜。據店裡售貨員說：「他們兩位都是店裡老顧客，經常來買大頭菜、什錦醬菜。」想不到白種人、黑種人都受了我們的「傳染」，愛吃中國的醬菜啦！

北平自製自銷醬菜的叫醬園子，大概最早做醬必定是有自己菜園子的。真正老北平多半有個習氣，喝慣了吳裕泰的茶葉，絕不會改張一元的，吃慣了哪家醬菜，就認定哪家，永遠不能更改。為了買四兩醬蘿蔔，能夠不辭辛苦，從西城跑到北城去買，這些都是有錢有閒沒事養成的習慣。

大家一談北平醬菜，就想到糧食店的六必居。他家的醬菜固然是濃醢味美，遠近馳名，可是嚴分宜給他寫的那塊六必居牌匾，也助長了不少聲勢。嚴嵩雖然是明朝惡名昭著的佞臣，可是他的書法，不以人惡而字不傳。「六必居」三個字雖然筆劃不多，可是用楷書寫，擺在一起很難挺拔四襯，而嚴嵩這三個字確實寫得四平八穩，剛柔相濟。後來被清代四大書法家之一的葆初看見，認為整天風吹日晒未免可惜，於是鳩工另外拓塑了一方懸在外面，把原匾改懸在屋裡。也有人說是一個小徒弟，天天用濕布擦櫃臺，就在櫃臺上寫上「六必居」，日積月累，居然神似，懸在外面的那塊匾，就是小徒弟的傑作。兩者究竟誰是誰非，年深日久，也就無從究詰了。

六必居賣的是字號老，跟轆轤把（**地名**）的西鼎和互爭互誇自己字號老而惹起一場糾紛。西鼎和也是一家開了多年的老醬園，以醬苤藍絲出名，醬得透明不說，苤藍絲整齊纖細，更是別家醬園辦不到的。當年慈禧喝玉米糝粥，就少不了花椒油炸西鼎和的苤藍絲。

中國人有句老話，說同行是冤家，針尖對麥芒，誰家也不肯讓一步。六必居說他家醬園子是明代嘉靖年開設的，有嚴嵩寫的匾額為證。西鼎和一時搭不上腔，正在為難，有位讀書人去買醬菜，問知原委，說他家以匾額誇耀，你們何妨以匾額回敬？西鼎和的牌匾，未署真名實姓，僅僅簽署了「玉山主人」四個字，不知是什麼朝代人。誰知那位讀書人是飽學之士，他說：「玉山主人姓顧名德輝，號仲瑛，元朝大至年間生人。不但是名儒，而且是名臣，元朝人寫的匾，當然比明朝寫的要早了若干年。」經過這場爭執，六必居癟啦，從此兩家各做各的生意，不再作無謂之爭了。

其實六必居的醬疙瘩、醬蘿蔔都是特具風味的。醬疙瘩爛而不糜，蒸一下和芝麻醬吃，是牙齒脫落老人們的恩物。醬蘿蔔微甜帶鮮，軟中帶脆，是別家醬園比不上的。西長安街天源醬園也是西半城有名的醬園之一，他家的八寶菜說是八樣，其實十樣也不止，因為銷路好，醬菜身分永遠是恰到好處。醬青椒都是精選，一律比核桃大一點，撕開了一兜湯，冬天吃熱湯麵其味無窮。

地安門外寶瑞合是北城有名的醬園子。說寶瑞合連老北平都不一定知道，可是您一說「大葫蘆」，那就無人不知、無人不曉了。他門前放著一隻一人多高的大葫蘆，你過來摸摸，我走過去摸摸，已經由紅讓人摸成紫紅色了。他家除了醬小菜外，蒜苔醃得最好，不過這時鮮菜一年只賣一季，過了菜季，蒜苔醃過了頭就不好吃了。倒是他家老缸醃的水疙瘩，一年到頭都有得賣，而且行銷到西南各省。

東城有個後起之秀醬園子叫天義順，是東來順鋪東丁家開的。因為菜園子是自己的，貨色自然既便宜又新鮮。丁掌櫃的交遊又廣闊，東安市場一帶飯館都用天義順的貨。冬季吃涮鍋子，一定要有糖蒜，東來順一個冬天鍋子季下來，就是自己也要銷幾千斤糖蒜，加上熟能生巧，所以天義順的糖蒜蒜瓣大，沒有陳貨，是別家醬園比不上的。

阜成門外關廂有家醬園子叫「阜和成」，有人說他家是北平最大的醬園子，後院大醬缸就有二百多口，所賣的黃醬、甜麵醬都是經過三冬兩夏的宿醬，他也有整罈子的醬賣，十五斤一罈子。真有別的縣分人特地來採買，一買就是十罈八罈的。據說只要罈口封得緊，放在陰涼地方三五年都不會發霉。他家的醬甘露銀條菜，又鮮又脆，是醬菜中一絕（**現在臺灣所有大陸的蔬菜全有種植，就是沒有見過甘露銀條**）。

家表兄王雲驤是打獵高手，每年秋末冬初，總要約我們到西郊紅山口打獵。獵物以竹雞、野兔居多，回來的時候，總是在阜和成對面的蝦米居喝兩斤土黃酒，歇歇腳，再進城回家。打來的野兔就交給蝦米居的夥計剝皮開膛，他只要野兔的後腿，剩下的兔皮、兔肉就全送給夥計了。兔子收拾好，把血擦乾淨後，就往阜和成醬缸裡一塞，第二年打獵回來，把頭一年的醬兔腿從醬缸裡拿出來，用鋸末子燻熟，大家下酒，宿醺散馥，玉漿香泛，這種野意，絕非列鼎而食所能想像得到的。

有一年我到山東公幹，在即墨住在一位開醬園的朋友家裡。他家在即墨算是首富，半個城區都是他家的菜園子，我一住就是十多天，臨別他送我一個大油簍。回北平打開一看，原來是一個出號的大瓢瓜，瓜裡塞滿了二三十種醬菜，比北平的八寶醬菜種類要多出若干倍。先祖母嘗了之後，覺得鮮而不鹹，比北平八寶醬菜還好，最宜啜粥。前兩年有山東益都逃出來的人說，這家醬園子在三反五反清算鬥爭之下，東夥早已四散逃亡，煙消雲散了。

江蘇揚州對於紅燒菜的醬油特別考究，杜負翁先生說：「揚州因為醬油好，所以紅燒的菜才敢誇稱味壓江南。」揚州東關大街有一家四美醬園是全國知名，尤其是蝦子醬油，用來下麵真有清水變雞湯的感覺。據說四美醬園創於前明，一隻一隻砂缸，都是半埋土下。所用大豆購自牛莊，並雇女工再精選一遍。必須經過一個伏天才能開缸出售，有所謂「伏油」、「夏油」、「蔭油」種種區別。更有所謂缸底蔭油，油濃性黏，有如臺灣的醬油膏，如以舌尖舐嘗，不僅其鮮入骨，而且香留齒頰、久久不散。四美有一種醬蘿蔔頭，曾在南洋勸業博覽會得到頭獎，後來參加萬國工業展覽會又列優等。醬蘿蔔頭所用原料是里下河所產楊花蘿蔔，雖然比不上北平的水紅蘿蔔來得脆嫩，可是做出醬蘿蔔頭來，粒粒滾圓，鮮腴脆潤，是啜粥逸品。

東北錦州有一種滷蝦店，專賣滷蝦醬、滷蝦小菜，其中有一種滷蝦小黃瓜，長不逾寸，鮮嫩無比，不過是滷非醬，已不屬於醬菜範圍，只能列為小菜中別格了。

一盞寒漿驅暑熱，梅湯常憶信遠齋

「一盞寒漿驅暑熱，令人長憶信遠齋。」這是當年張恨水詠酸梅湯的詩句。民國十七、八年，舍親李芋龕寄寓北平舍間，長夏無聊，每逢週末就組織了一個詩鐘雅集，張恨水、慧劍昆季都是座上常客。下午總是準備一些乳酪、酸梅湯卻暑，恨水食而甘之，認為此二者遠勝汽水、冰淇淋。我告訴他，北平酸梅湯西城以隆景和最出名，前外以通三益最純潔，這兩家都是山西人開的乾果子鋪。

山西人做買賣講究殷實，所以做的酸梅湯，絕對是熟水梅湯，安全可靠（北平有一種敲著銅碗串胡同賣酸梅湯的，隨時用小冰穿子把碎冰摻入酸梅湯內，所用都是天然冰，實不衛生）。另外一家馳名中外的是琉璃廠東門，靠近一尺大街的信遠齋。當年北平名流雅士，常常要到琉璃廠書肆、古玩鋪找找自己想看的書，或是尋摸一件古董，天熱口乾，都喜歡走到信遠齋喝上兩碗酸梅湯去暑解渴。

信遠齋坐南朝北，西邊的彩壁牆上有一方磨磚對縫的斗方，刻有「信遠齋記」四個大字，是北平名書法家馮恕（公度）的手筆。信遠齋雖然只有一間門面，迎門是一座小櫃臺，靠西牆半圓琴桌上，有一個大號銅茶盤上擺滿了白瓷小碗，上面蓋著一塊潔白紗布，旁邊放著一個綠油漆冰桶，裡面平放兩隻白地青花鬼臉罎子，罎子四周圍塞滿冰塊，上面覆蓋一方洇濕深藍色細布，旁邊水盆裡放著兩隻提樑竹吊子，屋裡芸窗棐几，收拾得一塵不染。信遠齋的酸梅湯，比沿街叫賣的酸梅湯，價錢要貴一倍有餘，所以到信遠齋來喝酸梅湯的都是斯文一派的文人學士；他櫃上的同仁，整天耳濡目染都是金石、版本、宋瓷、漢玉一類，所以喝完酸梅湯歇歇腿，跟他們東拉西扯聊上一陣子，倒也增益見聞，並非俗不可耐。

他家酸梅湯，濃到掛杯，但不甜膩，像上海鄭福記總是自誇祖傳秘方，與眾不同，而信遠齋恰恰相反，總說自己做的酸梅湯沒有秘密，只是酸梅選得好、泡得透、濾得淨、煮得爛，加甜用上等冰糖，桂花用自製木樨露，份量要準、冰得要透，絕不摻水和冰，能把握這幾項原則，哪位回家照樣去做，沒有做不好的。到櫃上來喝酸梅湯，一律由小徒弟從罎子裡現舀。徒弟一律剃光頭，不准留長指甲，竹布大褂白袖頭，個個顯得乾淨俐落。當年摩登詩人林庚白腸虛胃弱，在外面一吃冷飲就鬧腸胃炎，只有喝酸梅湯，認為是逭暑妙品。等喝過信遠齋的酸梅湯，才知此處風味確實又高一籌，稱之為逸品也不為過。

有一年夏天，恨水跟我到琉璃廠來青閣看書。我買了一部明朝高濂撰的《遵生八牋》，共分八目十九卷，都是講資生頤養、消遣、飲饌、服食、賞鑑、清玩一類記述，雖非孤本，書肆已不多見。他買了一部清代溫睿臨的《南疆佚史》，記載的是明季金陵閩粵瑣聞遺事，他找了三四年，現在才買到手，心裡一高興，立刻拉我到信遠齋去喝酸梅湯。他坐在東邊，正對著窗外西影壁牆上「信遠齋記」四個大字，他問我北平的店鋪，在店名之下再一個「記」字的還很少見，馮老如此寫，必有他的說詞。

信遠齋每年夏季，我至少去個十趟八趟，雖然經常看到那塊磨磚斗方，他這一問，可把我考住了。請教他們櫃上人，據他們二掌櫃的崔世安說，最初他們也沒留意，有一天，前清末一科榜眼朱汝珍、探花商衍鎏連袂到琉璃廠買書，信步進來喝酸梅湯，把這個「信遠齋記」問題問櫃上，他們誰也回答不出來。陳師曾、王夢白、李苦禪也提出這個問題來問。後來掌櫃的親自問過馮公度，馮的答覆是江宇澄（朝宗）曾經問過他這個「記」字的含義，其實其中毫無什麼深文奧意，只不過在商言商，讓人猜不透有什麼玄虛，無非給信遠齋朵拉點生意而已。您想，從琉璃廠東門到西門，整條街除了賣文房四寶，就是線裝古籍，要不就是古董字畫，來這一帶遛達的，不是文人墨客，就是專門研究版本、搜求文玩的達官貴人。這些人都是喜歡咬文嚼字的，看見這塊似通非通的怪招牌，還能不進來追根究柢、問個一清二楚嗎？馮老說完哈哈大笑，說凡是好鑽牛犄角的都讓他給騙了。想不到此老還真懂得廣告學呢！

在北平做什麼買賣都要供祖師爺，信遠齋等於是專賣酸梅湯的，究竟供哪位神聖呢？有一次我到後院如廁，在他們櫃房裡有桌面大小一方朱漆髹金的懸龕，五供後面供著一面萬歲牌，信遠齋不是前清什麼地方官署，供萬歲牌幹什麼？誰知萬歲牌是兩面刻字，後面刻的是「朱天大帝」，那一位又是何方神聖呢？當然不便問人家櫃上，在偶然機會請教北平通金受申，他說：「酸梅湯在元末明初叫『烏梅湯』，明太祖在未投郭子興為部將時，曾經販賣過烏梅。江淮大旱，瘟疫流行，他曾經用烏梅泡水救過不少煩渴病患，後來賣酸梅湯的奉朱洪武為祖師，是其源有自的。因康熙、雍正時期，反清復明的志士仍然此起彼仆，官府搜查很嚴，所以賣酸梅湯的捏造了一個朱天大帝奉為祖師，這跟北平太陽宮名為供奉太陽星君，其實供的是明莊烈帝的情形是一樣的。」聽了這段話之後，才知道其中還有這麼一段來龍去脈呢。

民國六十五年，我在高雄看見一家中藥店、一家南貨店都在門口架上冰櫃賣酸梅湯，你誇熟水衛生，我稱冰鎮可靠，一看就知兩家是對上了。我在南貨店喝酸梅湯，老闆氣呼呼的跟我說，隔壁藥鋪賣酸梅湯，簡直撈過界了。我把信遠齋這段故事告訴他，他才恍然大悟，從此各賣各的酸梅湯，也不彼此怒目相視啦。

朱君毅去趟大陸，他對信遠齋沒有印象，我問他信遠齋還有沒有，他說不出所以然來，侯榕生女士去北平回來後問她信遠齋如何，她也沒注意。不過去夏在美國聽朋友們說紅衛兵造反，琉璃廠的舊書古籍撕毀焚燒了不少，這條文化街也遭劫最慘，我想信遠齋是有閒人的去處，殘暴的紅小鬼，還能不把它毀了嗎？

濺雪堆花話啤酒

涼飆早勁，已透冬寒。臺灣雖然用不著推爐取暖，但是生上一隻紅泥小火爐，吃吃沙茶火鍋，或是涮點羊肉片，開一瓶五加皮或是茅台、大麯一類白酒小酌一番，酒中之趣，只能對知者言，可是不能為外人道的。

筆者當年在大陸，因為職務上的關係，就是隆冬白雪，也是照喝冰啤酒，除非吃涮鍋子才喝烈性的白酒呢！當年國內設廠製造的啤酒，屬機製酒類，是我主管業務，必須經過我的品嘗，才能核准應市。以我多年品嘗啤酒的經驗，我認為國產啤酒的風味，上海啤酒沒有青島啤酒平順，青島啤酒比起雙合盛的五星啤酒來，又稍遜一籌，一般喝啤酒的朋友也同意我下的結論。聽說現在大陸啤酒也銷售到東南亞各地，上海、青島啤酒都有，就是沒有雙合盛的五星啤酒，大概早被鬥垮關門大吉了。

雙合盛是山東人張廷閣跟幾位同鄉合夥創辦的。因為產品優良，年年擴充設備，可是生產量卻永遠趕不上消費量。五星啤酒妙在色如琥珀，澄霽清明，酒味芳洌。尤其出色的是泡沫翻湧、濺雪堆花，持久不散程度能跟德國昂斯立哥兒啤酒廠的產品媲美。故都老畫師金北樓的哲嗣潛庵兄，對於啤酒品質的優劣鑑賞甚精，他說：「五星啤酒嗜啤者喝了固然能夠過癮，量淺者微飲淺嘗，也不致陶然醺醉。」

日本侵華手段，一貫的伎倆是商戰居先，他們的貿易商常常不可一世的說：「中國大陸無論多麼荒僻的城鎮，連雞蛋掛麵都沒得賣，可是日本的味之素、翹鬍子仁丹、美女牌中將湯、太陽牌啤酒永遠供應無缺。」我在山西朔縣一個鎮店上偶然間感冒，想吃一碗掛麵臥雞蛋，雜貨鋪居然缺貨，可是大包小包仁丹樣樣俱全，太陽啤酒擺滿一格貨架子，足證人家說的話，的確不是吹牛呢！

在宋哲元主持「冀察政務委員會」時期，因為我們對於日本的囂張跋扈準備未完成，暫時採取不抵抗主義，處處容忍。日本產品大量源源輸來華北，就拿啤酒來說，太陽、麒麟、櫻花、富士足足有七八種之多。可是當時大部分人口雖不言，可是對於日本人總有一種激憤仇恨心理，除非萬不得已，誰也不願意購買日貨，凡是從日本進口日製啤酒一律杯葛。縱或有極少部分媚日份子以用日貨為榮，可是日本啤酒講品質風味，實在不如五星啤酒遠甚，所以就是一般媚日份子對於日本啤酒也是興趣缺缺。只有東交民巷日本兵營、東單牌樓日本僑民聚居所在，以及日本人開的舞廳、酒館才有日本啤酒出售。有一個時期，日本啤酒商甚至雇一些流浪漢，搖旗吶喊沿街叫賣，狂廉甩賣，買二送一，大家還是望望然而去之。梁均默（寒操）先生生前說過：「日本人推銷藥品技術最高超，中將湯、仁丹他們有本事鑽天入地，無遠弗屆全力去展拓，只有他們的太陽啤酒，在中國無論城市、鄉村始終打不開市場，結果鎩羽而歸，足證我們的五星啤酒是經得起考驗的。」

臺灣因為經濟成長過分快速，省產啤酒無論怎樣增加製酒設備、擴充生產能力，甚至於闢建新廠，總是趕不上大眾的需要。在緩不濟急的情形之下，只好進口啤酒以救燃眉。中美貿易近幾年總是出超，為了考慮中美貿易平衡的差距，自然以進口美國啤酒最為適宜，不料歷年進口美國啤酒，無論瓶裝、罐裝，一直都不受省內啤酒客的歡迎。到底其故安在？

去年我到美國探親，住了一個多月，因為時間從容，美國出產的不同牌子啤酒，大概嘗了有幾十種之多。其中有一種黑啤酒，濃淡香味跟臺灣啤酒極為近似。一般啤酒，酒味都還清醇，只是後味發澀，尤其罐裝啤酒比瓶裝的滋味更差。有人說：「美國人是拿啤酒當飲料，酒精度比較低，所以我們喝起來味道嫌淡，有不過癮的感覺。」不過據我所知，臺灣啤酒的酒精度是在 3.55%～3.70% 之間，美國啤酒是 3.57%～3.98% 之間，至於新加坡、菲律賓的啤酒所含酒精度，甚至超過 4.02%。照以上情形看來，舶來啤酒所含酒精度，比省產啤酒都高，顯然喝進口啤酒過癮不過癮，不是酒精度高低的問題了。

當年北平雙合盛啤酒廠的老闆跟我說過，啤酒風味品質優劣，是繫於啤酒中的丹寧酸含量多寡，還有苦味度多寡而定。五星啤酒中的丹寧酸（聚酚物）高達 **150～170，苦味度 14%～24%（省產啤酒這兩種成分的多寡，手邊無此資料，不敢亂說）**。是不是這個原因，我只會品酒，不會分析化驗，那就要請教製造啤酒的專家們來解答了。

我在泰國喝過四種啤酒：（一）AMARIT 甘露，（二）SIMGHA 白獅，（三）KLASTER 柯上達，（四）PAGAH 虎牌。這些啤酒都是各啤酒廠禮聘德國技師來泰駐廠監製的。甘露酒前幾年並且在歐洲舉行的全世界各國啤酒比賽大會上得過金牌獎。以我個人品嘗結果，泰國虎牌啤酒跟臺灣啤酒風味品質最為接近。同時他們餐廳、酒館男女侍應生對於伺候客人喝酒，似乎都受過嚴格訓練。啤酒杯隻隻擦得晶瑩透明，沒有一點油漬水星，他們知道玻璃杯上只要沾上一點油污，就影響啤酒的香味跟泡沫的發展。他們不怕麻煩，懂得客人要啤酒，總是等他們喝完了第一瓶，才從冰櫃裡拿第二瓶，現開現喝，泡沫雲擁，香氣蘊存。不像臺灣餐廳一些侍者，為了節省他們奔走之勞，一拿就是半打，裝在六格一隻的鐵架子上，如果客人不是鯨吸牛飲，等喝到最後一瓶，已經是即之微溫，開瓶之後，發不出多少泡沫，當然酒香更是蕩然無存了。同時現在臺灣的自來水還不能完全生飲，冰廠做出來的角冰，放在啤酒裡去，實在不安全。我常常在想，一瓶啤酒公定價格只有三十多元，而飯館餐廳總要賣上六七十元，甚且超過此數，多跑兩趟冰櫃，讓客人喝點涼潤沁脾的酒，似乎也不算苛求吧！

根據財經專家們的預測，明年度經濟復甦，即可漸露曙光。在新建啤酒廠尚未開始生產以前，明年入夏之後，省產啤酒的供應量恐怕仍有不足，如果尚需進口啤酒稍充供應，不妨進口一批泰國啤酒試銷一番，我想或者能受消費大眾的歡迎吧！

華園澡堂子、西來順褚祥

抗戰之前，北平夠得上叫清真教飯館的，在南城有元興堂、同和軒、兩益軒、萃芳園，東城有個大名鼎鼎的東來順，西北城就找不出像樣的教門館子了。廣安門裡牛街一帶，住的多半是清真教人，遇有紅白事專門包辦教門筵席的，大都聚居在沙欄胡同左近。

有一位世業廚師的褚祥，人都叫他「祥子」，不但腦筋動得快，而且口才也頂呱呱，沒有幾年，在跑大棚的廚行裡，褚祥算是拔了尖兒啦。他最早在元興堂學手藝，又在兩益軒掌過廚，後來還在京漢食堂、擷英西餐館學過西餐技術。他不單藝兼中西，而且眼光也看得遠。他看準西長安街漸漸形成商業區，叫這個春、那個春的飯莊、飯館加起來就有十多家，可是唯獨沒有清真飯館。趕巧靠天源醬園不遠，有一家華園澡堂子收歇，鋪底出頂。這個華園澡堂子，原本是一個高級澡堂子，比東西昇平還要款式，只買單間沒有大池，西跨院還有幾間特別雅座，裝有隔音設備。北洋時期長安街一帶機關林立，財政部、交通部、鹽務署、市公所、總統府都在這條街上。達官權要有些不便公開的事務，差不多都到華園，找個房間去密談。話沒談完，又不願到飯館去吃飯，就叫夥計到對面宣南春，叫幾個菜來低斟淺酌、邊吃邊談。北洋時代結束，中央機關隨政府南遷，華園澡堂失去原有的天時地利，撐了不久只好關門大吉，褚祥就把整個鋪底倒了過來，創辦了一個新型清真飯館——西來順。

西來順一開張，不單把兩益軒、萃芳園的主顧拉過來不少，就連吃慣東來順的老客人，也都要跑到西來順來換換口味。其實西來順的菜碼比一般教門飯館要貴一成到一成半，可是烹調方面，除品質保有清真館固有的風味外，同時增加了若干新的菜式。

過去舊式飯莊，對於從外國引進新品種菜蔬如西紅柿、蘆筍、洋芋、生菜，一律排斥不用，甚至調味的沙拉醬、番茄醬、咖哩粉、起司粉、辣醬油、鮮牛奶也堅決抵制。褚祥別出心裁，把黃燜牛肉條加上咖哩，人人誇說比西餐館的咖哩牛肉有滋味多啦。他用高湯把白菜心、茭白、蘆筍分別蒸爛，用鮮牛奶一煨，這盤扒三白銀絲冰芽，銀團勝雪，大家讚香譽味，後來成了西來順的招牌菜。

他家有一道鴨泥麵包。把新鮮吐司切成寸寸見方骰子塊兒，然後用香油炸透，要脆而不焦，不要讓風吹涼；他也賣掛爐烤鴨，大家都是吃皮而不吃肉的。把鴨胸脯嫩肉拆下來搗爛（**注意用搗而不用切**），用極熱高湯煨好，盛在有蓋不散熱的器皿裡，上菜時把炸透的麵包丁倒入滾燙的鴨湯中，一聲「嗤拉」，比陳果老當年發明的「轟炸東京一聲雷」還來得吐馥留香清脆噀人。

褚祥有一道拿手甜菜叫「芋凸」，據他說是跟一位福建名廚學會了做芋泥而加以改良的。芋頭蒸熟搗成芋泥，桔餅切成薄片墊底，鋪上一層綠豆沙，放上加好油糖的芋泥，四周圍上細豆沙，用蒸碗扣緊大火蒸一小時，以綠豆粉勾芡，淋在倒扣的芋凸上，起鍋上桌。因為有橘餅、紅條豆沙，明透柔香，比起單獨芋泥又勝一籌啦。當年藏園老人傅增湘誇讚褚祥做的芋凸，是甜食中極品，老饕們在西來順請客，總要點個芋凸來嘗嘗。

馬連良在梨園行算是精於飲饌的美食專家。抗戰剛一勝利，北平情形很亂，天上飛來的、地下鑽出來的接收大員有真有假，全都匯集平津。連良因為在淪陷時期，被迫參加「大東亞共榮圈」勞軍義演，又到過「偽滿洲國」去參加開國慶典，所以抗戰一勝利，平時趾高氣揚、出語尖刻的馬溫如立刻矮了半截，盡量跟各方面拉關係。他的多福巷寓所，每晚都是琦筵香醑，羽觴盡醉，變成了高級俱樂部。當時接收大員、前進指揮所各大員，每天晚上總要在多福巷吃完宵夜才走。馬連良因為每晚賓客雲集，於是跟褚祥情商每晚西來順封火後，他就到馬家做頓宵夜，時常花色翻新，大家大快朵頤。蟹黃燒賣、雞茸蒸餃、雞肉餛飩是最受歡迎的。

有人曾經偷偷問過連良，回教人不是不做餛飩嗎？他答得很妙，只要不是犯了教規的豬肉，做幾隻餛飩，又何必斤斤計較，讓大家掃興呢！梅花館主鄭子褒曾經誇獎連良頭腦最靈活，說他是伶之時者也，確實當之無愧。

前幾天有位旅居美國的朋友回臺灣來度假，他聽人說，褚祥早於民國三十六年就去世了，西來順早已成為歷史名詞，舊金山厚德福餐館有一位掌勺的，是褚祥的嫡傳弟子。去年秋天我在舊金山，無意中走進厚德福就餐，不敢有什麼奢望，目的只求吃飽而已。雖然只叫了一個蔥爆羊肉，但見斜切蔥段，肉片切得不厚不薄，難得的是用香油爆炒，火候恰到好處，目前臺灣的北方飯館或是教門館子，還真爆不出這樣滋味的羊肉呢。假如厚德福那位大師傅真是褚祥的徒弟，就無怪有那麼高的手藝了。

我所認識的還珠樓主

——兼談《蜀山》奇書

抗戰之前，我治事之所在北平西華門大街，靠文津街很近。各機關入夏季都改為上早衙門，午後是不辦公的。我吃過中飯散步，日正當中，暑炎灼膚，總是到中央圖書館看書。風窗露檻，遙望北海，宮闕巍峨，金霓陳彩，綠荷含香，芳藻吐秀，靈臺寬敞，暑氣全消，當窗讀書，真是賞心樂事。學友陳同文在館內是專管珍本古籍的，所以《涵芬樓秘笈》、《四庫全書》珍本，我都可以借出來閱讀。館內在不久以前得到以楊嘉訓名義捐贈的一批釋典道籙書籍，兩百四十餘部共一千多冊（**我知道武生泰斗楊小樓藏有不少道教經典符籙，想不到他晚年居然不聲不響捐給中央圖書館了**）。

館方雖然不久就分門別類整理出來，可是一時未能製成卡片，無法供眾借覽。每天在閱覽室裡坐在我對面的一個三十多歲中年人，風采雍穆，操著四川口音，一再要求借閱一部小樓贈書中的《玄天九轉道籙》，館方頗感為難。我看他情詞懇切，經代向同文兄保證，他只是在館內閱覽，絕不攜出。經過這點接觸，我們彼此通過姓名，方知道他是李壽民，四川人。等到書一送來，他就沉潛汲古，一邊看一邊做起筆記來了。

過了半個多月，我在辦公大樓花圃散步，又碰到他在一株丁香樹下沉思，才知道彼此在同一大樓內辦公，而且是一牆之隔。他看的書涉獵極廣，除了佛經、道書、練氣、禪功之外，還喜歡研究性命、星相之學，一部抄本的《淵海子平》是隨身攜帶，沒事就拿出來翻翻。他在口袋胡同買到了三本雜誌叫《新命》，書後註明北平寄售處是舍下，所以他以為我是同道，其實我只是《新命》雜誌的徵訪使，對於子平不過是一知半解而已。由於我的介紹，他認識了北平名星相家關耐日，關給他批八字，說他「座下『文昌』」但「困於甲木」。關是留法華工，文字雖非高明，可是研幾杜微，數理通玄，從八字裡看出他的文名，彰而未顯，困於嗜好，終身不能擺脫。那時他只寫一些小品文，用原名善基或「禪機」筆名散在報章雜誌發表，尚未著手寫武俠小說。他因胃病困於煙霞（鴉片）；當時禁令在華北地區雖不太嚴，可是公務員抽煙，總是不敢公開的。他對關耐日給他批的八字，認為是知人之言，沒事就拉我找關耐日給他算算。

他的老太爺遊宦西南各省，而且逐日寫有筆記，對於雲、貴、川、湘風土文物記敘甚詳，所以他書裡對景物的描述倒不是完全憑空虛構而是有所本的。他在進入「冀察政務委員會」工作之前，確曾在胡景翼戎幕充當過記室。胡笠僧人雖癡肥，可是極富心機，而且反覆無常，頗難相處；所以他考慮再三，最後決定還是回到北平在政委會政務廳擔任書啟工作。政委會委員長宋明軒是極為講求舊學的，他把四書分門別類另行編纂，定名《四書新編》，共分上下兩冊，三寸見方，皮面燙金；說是由劉春霖、潘齡集幾位名儒碩彥主持的，其實十之八九都出自李壽民手筆，那些翰林公不過是頂個名而已。

他子女眾多，自己又有嗜好，雖然收入不錯，但是開支浩繁，生活時感竭蹶。恰巧天津《天風報》社長沙大風因跟朱琴心涉訟對簿公庭，館務乏人主持，於是託我跟趙又梅兩人暫時給他照料。那時他已著手寫《蜀山劍俠傳》，寫了十二回之多，本打算出書，又怕銷路沒有把握。當時《新天津報》登了評書說部《雍正劍俠圖》，三月之間，報紙增加了一萬多份。我想把《蜀山劍俠傳》拿來在《天風報》上發表，又把劉雲若的《小揚州志》拉來，跟《蜀山》同一天開始刊登，誰知銷路直線上升不說，從平津遠及滬寧都有讀者請求從刊出《蜀山》第一期把報份補齊。

憑良心說，《蜀山》從一至五集，是還珠的文壇試筆；五集以後因為大受讀者歡迎，他才聚精會神地寫下去。因為他書看得多，《蜀山》一集比一集精彩，從此奠定基礎，開創了驚天地泣鬼神的巨著。他的書最初是交天津勵行書局發行的，每集一版出六千本，書一應市就被搶購一空。就在這個時候，抗戰軍事爆發，宋明軒移節保定，政委財務處處長張劍侯一再勸他也隨軍內移。他感覺家累甚重，攜眷隨軍困難重重，一動不如一靜，寫寫小說也可勉強餬口，所以最後決定留滯京華，沒有內移。

他寫的說部銷路如此之好，有一家出版商，想把《蜀山》的版權從勵行書局拿過來。他跟勵行書局相處非常乳水，並且時通緩急，他又是道義感情並重的人，這樣無形中把那家出版商徐老闆得罪。徐老闆有一個親戚在北平日本憲兵隊當翻譯，於是還珠被扣上一頂帽子，以所寫小說荒誕不經、妖言惑眾的罪名，關進憲兵隊沙灘人犯羈押所。他自知這場牢獄之災是免不掉的，所以也處之泰然；不過有煙霞癖的人，突然斷絕煙火，其狼狽可知。幸虧華北駐屯軍軍部，有幾位「蜀山迷」，好在他的罪名又是莫須有，糊裡糊塗又把他放了，所以他有若干與《蜀山》有關聯的說部紛紛出籠。

後來華北加緊統制食糧，住在北平買大米、白麵已成問題，他就攜眷南下，住在麥家圈一家書局樓上，不但寫小說，而且掛筆單寫對聯來賣，才能勉強過活。我來臺灣之後，因好友寧培宇回大陸接眷之便，曾經給他帶口信勸他來臺定居，他一直沒有回音。據說他知道臺灣煙禁森嚴，對於渡海來臺灣躊躇不決，等海空交通斷絕，想飛也飛不來了，從此音訊隔絕杳無信息。後來聽人間接傳說，他在上海淪陷不久，得了噤口痢，在當時醫藥兩缺的情形之下，就一瞑不起，菩提證果了。

他的《蜀山》一書最近經葉洪生先生分條析理，洋洋灑灑，極為詳盡的寫了一篇宏文，遠及美國《世界日報》都加以轉載，我不願往此多費筆墨；不過我讀他的武俠說部有一種感覺，如同吃了一席多彩多姿的盛筵，別的山珍海錯就不想下筷子了。壽民兄大歸一轉瞬已有二十年，臺灣居然還有不少武俠小說迷，對他的《蜀山》念念不忘，又有葉洪生先生為文弘揚一番，我想他若有靈，也應心滿意足、拈花一笑了吧！

啼笑姻緣

小說家張恨水第一部小說《春明外史》，是在成舍我先生主持的《世界晚報》上發表的。他把北洋時代北平社會各階層的形形色色描寫得淋漓盡致，而且細膩蝶豔，一時文名大噪。書中主人楊杏園幾首杏花詩俏麗儼雅，文壇上更稱他是杏花詩人。《春明外史》刊完，又寫了一部《金粉世家》，在《世界晚報》連載，其中影射到當時若干閥閱世家，更能引人入勝。

那時上海有人請恨水寫電影小說，他正到處搜尋資料。恰巧我有一位朋友張占元，他的尊人是唐山耀華玻璃公司常董，他本人剛從朝陽大學畢業，在偶然機會到天橋聽歌，竟然迷戀上合意軒一位鼓姬宗玉蘭，每天清早就陪宗氏姊妹在天壇吊嗓子、騎自行車。僅僅這麼一段戀史，恨水就根據張、宗兩人言談、神情、動作，安在所寫《啼笑姻緣》小說裡了。這篇小說好像是登在《上海新聞報》的副刊《快活林》裡，《上海新聞報》、《申報》是當時上海擁有最多讀者的兩份報紙。小說還沒刊完，被鄭正秋看中，認為是拍電影的絕佳題材，就請裘芭香、周劍雲兩位改寫成分幕電影劇本，準備拍攝電影了。

民國十六年胡蝶由「天一」轉入「明星」後，邵醉翁首先利用日本技術攝製了第一部片上發音有聲片，為了與胡蝶賭氣，並且把邵夫人陳玉梅捧成天一臺柱。聯華的小生金焰被一批新潮觀眾捧成電影皇帝，鄭正秋、張石川不甘人後，透過報紙、雜誌宣傳，把胡蝶也捧上電影皇后的寶座。

當時上海的大小電影公司雖有十五六家之多，可是論財力、人才，顯然是明星、天一、聯華三家鼎足三分的局面了。有一批擁護聯華的影迷說，聯華的片子都是寫實主義，走文藝路線，是最進步的影片公司；而明星拍的《碎琴樓》、《紅淚影》一類影片，始終走不出鴛鴦蝴蝶派範圍，已經不能滿足觀眾需要，太落伍了。明星公司一看其勢不祥，經過智囊團的策劃，由周劍雲提出一個劇本《自由之花》，是把蔡松坡與北平名妓小鳳仙英雄美人故事跟民族大義相結合的動人故事，希望能藉此提高影片水準，進而挽回明星早期在電影界領導群倫的聲譽。

《自由之花》、《啼笑姻緣》、《落霞孤鶩》三部都是以故都為背景的。導演鄭正秋為求場景真實，壯大聲勢，毅然決定這三部戲不惜增加開支，全部出外景，遠去北平拍攝，派洪深跟董天涯為先遣部隊，先到北平去聯絡布置。洪在北平跟高逸安（言菊朋夫人）拍過《舊世京華》，算是識途老馬，他帶著董天涯一到北平，就在三海、中央公園、頤和園展開勘察外景工作。等準備工作大致就緒，外景隊一行四十餘人就搭乘京浦快車，浩浩蕩蕩來到了北平。此行原本是由鄭正秋領隊，不巧他又犯了老毛病，喘哮不停，臨時只好換了張石川領隊，鄭留在上海療養。

明星公司計畫在北平拍的三部影片，《自由之花》是鄭正秋傾全力製作的有聲片；《啼笑姻緣》是間歇音響效果，所謂「配音片」；《落霞孤鶩》則仍舊是部無聲電影。外景隊到達北平之前，早由高逸安給租妥東四牌樓一所宅子，據說是遜清一位王公府邸，長廊邃室，院寬室明，銀燈珠箔，備極華麗，每人可以各據一室，比住旅館要豁亮舒適多了！不過四個美籍技師吃不慣中餐，於是只好讓他們住東交民巷六國飯店。

外景隊演職員都是第一次來到北平，幾曾見過那些碧殿丹垣、翠瓦金鋪，大家一面工作，一面暢遊各處古蹟名勝，不知不覺一晃過了兩個多月。先是夏佩珍發現，所有帶來衣飾全部緊繃繃嫌小，各位女星一個個也不例外，大家只好盡量節食減肥。嚴月嫻每餐只喝不放糖的檸檬水一杯，晚餐吃兩片白麵包，兩星期下來，居然瘦了十一磅。

就在大家興高采烈拍攝電影、盡興遊樂，《啼笑姻緣》影片也已拍了一半的時候，恰巧教育部所擬電影檢查法及審核標準，正在此時送往立法院審查通過，正式公布實施。法令新頒，而鄭正秋、張石川、周劍雲明星公司幾位負責人，素來對於法令不十分注意，改編登記出版小說的合法攝製，應先取得攝製權的手續也未辦理。這件事被大中國電影公司經理顧無為窺知內情，於是以迅雷不及掩耳快速手法，向內政、教育兩部申請登記。等取得合法攝製權後，就在上海申、新兩報以巨大篇幅刊登拍攝《啼笑姻緣》的預告。

鄭正秋看到報紙才知事態嚴重，馬上以電報函件告知在北平的張石川。張素以老練穩健著稱，可是遇上這種意想不到的突發事件，一時也慌了手腳。此時《啼笑姻緣》拍攝大半，已經投下巨資。明星們每天出外景，在社會上已經相當轟動，加上張恨水再隨時在報紙上寫點花絮，梅蘭芳跟北平知名人士又紛紛邀宴，《啼笑姻緣》這部電影已被炒到婦孺皆知的程度。將來上演，票房是百分之百有把握的。

顧無為在影劇界素有「攪局大王」之稱，他雖然沒有跟明星公司一別苗頭的本錢和勇氣，不過他的門檻極精，看準了明星絕不能放棄已投下偌大資金的《啼》片不拍，於是提出賠償他一部分損失，將已取得的合法攝製權轉讓，他這把算盤打得是左宜右有、萬無一失的。鄭、張跟周劍雲三巨頭愼思熟慮之後，只有忍痛挨敲，別無良策。可是因為張石川嚴拒在先，一時無法改口，乃由他們的好友，神州影片公司老闆汪煦昌挽請當時在上海專門給人排難解紛的社會聞人杜月笙先生出面調解。明星公司花了一筆可觀數目的賠償費，才把事情擺平。俗語說「花錢消災」，《啼笑姻緣》因為雙包案的糾紛，反而得到意想不到的宣傳效果，處處賣錢，場場客滿。

顧無為得了一筆來路不十分光鮮的轉讓費，也趁《啼笑姻緣》正在熱炒時期，組織了一個大華話劇團，把《啼笑姻緣》改編成為話劇到處上演。在南京上演時，倒也轟動白下，於是招兵買馬擴大組織，率領朱飛、林雪儀、劉一心、陳秋風、盧翠蘭、林如心、顧寶蓮、朱秋痕、林美玉一干男女藝人北上，在北平開明戲院、中央電影院分為日夜場，演出了話劇《啼笑姻緣》。

他們下榻的東方飯店，地近紙醉金迷的八大胡同，又是蕩女淫娃、浮誇浪子營築香巢的豔窟大本營，演員中劉一心、陳秋風又都是當年城南遊藝園益世話劇社的風流小生、悲豔名旦。識途老馬浪子淫娃一拍即合，其中還牽扯上幾位名門閨秀，警方不容他們無法無天鬧得太不成話，於是動員大批人馬到東方飯店查房間。不但查出男女雜處，而且床上還擺著有吸鴉片煙的用具，於是把一干人犯驅逐出境，送到塘沽，押上了南下的海輪，才結束了這樁公案。

有人說顧無為頭腦靈活，善於投機取巧，對於明星公司的一著棋，雖然巧妙狠辣，嘗到甜頭，可是在北平弄得灰頭土臉，鎩羽而歸，天道好還，從此一蹶不振。誰說善惡沒有報應？後來李麗華、梅熹又重拍《新啼笑姻緣》，盛況依然不衰。這件「啼笑姻緣」的雙包案幾乎鬧得對簿公堂，一晃有半世紀了，那些當時風雲人物十之八九都已物化，就是還有活著的，也都雞皮鶴髮，不復張緒當年。回憶往事，能不令人低迴不盡？

銀河憶往

在現代社會，電影已經成為衣食住行以外不可或缺的一項娛樂。其實從光緒二十九年外國電影輸入中國，到現在也不過是八十年歷史而已。影劇界前輩鄭正秋先生告訴過我，有一個叫「瑞莫斯」的西班牙人，從歐洲帶了十多捲沒有情節的影片到上海來，剛一開始在四馬路青蓮閣樓下，掛起一塊白布就算銀幕，用木板搭了一間足夠安放一架放映機的小屋，就可以放映了。每次放映十多分鐘，票價四個小銅板，雖然只是些花鳥蟲魚、飛禽走獸的畫面，在當時可是新鮮玩藝。人相走告去看洋人的影子戲，基於好奇、時髦兩種因素，因此場場客滿，倒也給瑞莫斯賺進不少鈔票。他在長濱路一帶買了不少荒地，地皮漲價又賺進不少。後來虹口大戲院，萬國、夏令匹克、卡德、恩派亞幾家電影院一家一家開起來，瑞莫斯成了初期上海西片的「托拉斯」。

自從瑞莫斯在青蓮閣放映電影，用小資本賺了大錢之後，歐美電影界才發現中國是最具潛力的好市場，要在中國求發展，上海是最好的立足點。首先在跑馬廳附近搭蓋一座簡陋的電影院，命名「幻仙戲院」。每場先是新聞片，再演滑稽片，休息十分鐘再演偵探短片，或是連臺影片，每次放映兩集，第一次演的是《蠻荒異蹟》，接著演《紅手套》、《就是我》等……。探險偵探片都是到了緊要關頭就明日請早了，每次換片子，都要帶動一次高潮。票價雖比青蓮閣略高一點，每人小洋一角，可是觀眾水準則比青蓮閣的要高多了。因為上海是水旱兩路碼頭，過往客人川流不息，有些過路客開開洋葷看看洋人影子戲，已經心滿意足啦，電影裡有情節沒情節，反正都看不懂，所以兩家各做各的生意，都大賺其錢。

宣統元年，美國人布拉斯基跟麥唐納在派克路組織亞細亞影片公司，他們以戊戌政變、光緒被囚、拳匪之亂、珍妃殉難、西安蒙塵為經緯，拍攝了一部《西太后》影片。因為取材有些地方失真，有些地方乖謬辱華，因此，經清廷跟駐滬外國領事交涉後下令禁演。布拉斯基等經此挫折，無意繼續經營，讓渡給上海南洋人壽保險公司接盤。該公司經理衣雪爾鑑於前失，如果完全交由不諳中國國情民俗的外籍人士編導，不洽輿情，必然是失敗的命運，於是聘請張石川為中國顧問，綜理全盤劇務（那時還沒編劇導演種種名稱）。第一部影片是《蝴蝶夢大劈棺》，演員、布景、服裝、道具都是取材於文明戲。大家對拍電影都是毫無經驗，燈光忽強忽弱，表情有時太溫、有時過火。觀眾的口碑、報章的風評都不太好。又勉強拍了一部《不幸兒》，果真不幸，亞細亞影片公司也就壽終正寢了。

幾年之後，張石川又聯合鄭正秋組織了一個新民公司，原計劃是邀請沙遜跟哈同兩人投資大幹一番的，可是一山不容二虎，沙、哈兩人意見參商，越談越談不攏，最後都放棄參加。張、鄭又邀請杜俊初、經營三兩人加入，資本方面當然沒有沙、哈兩人雄厚，在圓明園路租了一塊地，圍上竹籬笆，蓋了幾間鉛鐵棚子，就拍起電影來了。由鄭正秋編劇，張石川導演，演員雖然都是文明戲的一流高手，鄭、張兩人都主張男演男、女演女，可是上海女界思想雖然比內地進步開通，但還沒有哪個婦女敢去拍電影的。在不得已情形之下，女主角只好仍由男士飾演。演文明戲，男扮女還不十分礙眼，可是燈光一照就現了原形，粗裡粗氣，還要忸怩作態，令人不忍卒睹。幸虧是無聲電影，否則揑著嗓子說話，怪聲怪調，更要令人作嘔了。據說就這樣還拍了四五部戲，有《二百五白相城隍廟》、《羅鍋子搶親》、《錯中錯》、《天賜良緣》、《妻黨同惡報》幾部通俗滑稽電影。有些人是好奇，有些人是看不懂西洋影片，所以生意也很不錯。可是過不多久，第一次歐戰爆發，海外膠片來源不繼，辛苦經營的影片公司只好忍痛收歇。

民國六、七年，美商史密司集資數十萬元，帶了大批機件器材來華，準備在南京玄武湖設廠開拍電影。因為人生地不熟，攝影師不靈光，僅僅在杭州拍了一部《西湖風光》。他們股東之間又發生意見，資金來源斷絕，無法繼續拍片，結果把全部器材都盤讓給商務印書館。該館董事會全力支持，不久成立了一個電影部。一開始也只是拍攝些紀錄片、新聞片，因為攝影師葉向榮是留美專門攻讀電影技術的，所以拍攝的《北平風光》、《天真幼稚園》、《盛宣懷大出喪》、《廬山雪夜》幾部影片都很成功。於是增購器材陸續擴充，聘請陳春生、任彭年為正副主任，拍攝了梅蘭芳的《鬧學》、《驚夢》、《天女散花》以及《拾遺記》、《清虛夢》、《猛回頭》等幾部短片，滑稽、警世兼而有之，試銷南洋各地，頗受華僑的歡迎，樹立了國片在南洋的信譽，各方競相爭購。後來國片在東南亞各國暢銷，商務印書館實居首功。

繼而又進一步開拍故事片《孝婦羹》、《蓮花落》、《好兄弟》、《松柏緣》、《大義滅親》、《荒山拾金》，有的是描寫上海社會實況，有的是教孝教忠，主題正確嚴謹，更博得社會大眾的好評，張慧沖就是此時以「中國范朋克」蜚聲一時的。

同時徐欣夫、顧肯夫組織「中華影戲研究社」，但杜宇創立「上海影片公司」，張石川、鄭正秋捲土重來，又加上周劍雲、任矜蘋成立「上海明星影業股份有限公司」。上海人向來做事一窩蜂，電影事業如雨後春筍立刻蓬勃起來。徐欣夫腦筋動得快，把轟動一時的社會大新聞，閻瑞生在徐家匯稻田裡勒死花國總統王蓮英命案，拍成《槍斃閻瑞生》電影，在夏令匹克大戲院上映，連映四十七天，還無法下片，不但盛況空前，創造國片票房最高紀錄，也奠定了國片在上海燦爛輝煌的前途。

早期電影界兩位傑出人物

——王獻齋、湯傑

在默片及聲片前期，專演壞蛋、讓影迷又恨又愛的王獻齋，現在五十歲以上的觀眾，對他那副陰險刁猾、皮笑肉不笑的嘴臉，或許還有一些印象吧！王獻齋對於藝事鑽研，有鍥而不捨的精神，待人接物又是那麼謙沖負責，凡是有人向他請教問題，他都搜隱闡微，盡其所知來告訴人家。所以他在銀幕上是大壞蛋，私底下是大好人。

他原籍山東，從小就跟父親到哈爾濱做生意，所以他的俄語能跟大鼻子很流暢的交談。後來他隨母到上海定居，大家有時到霞飛路白俄開的餐館進餐，跟他去總是又便宜又好吃。他寫出來的文章很有文藝氣息，誰知他還是滬江大學醫科的學士呢！

他一畢業就在抛球場謀得利眼鏡公司擔任驗光師，薪資所入也不過是勉強餬口而已。這個時候鄭正秋、張石川剛剛成立明星影片公司，正準備拍攝第一部劇情片《孤兒救祖記》，到處物色合適的演員。碰巧張石川到謀得利配眼鏡，當時電影界人士是十里洋場最受人羨慕的行當，而張石川更是電影界的大亨，王獻齋早就有試一試自己運氣，在這個行業中混口飯的決心。良機難得，藉著給張石川驗光配鏡的機會，就把自己的心聲吐露出來。張氏正在四處物色《孤兒救祖記》劇中演員，王獻齋神采俊秀，談吐不俗，又打算嘗嘗電影演員滋味如何，所以兩人一拍即合。王獻齋毅然加入明星公司，簽了合約，成了基本演員（**據說他是當時唯一簽有合約的演員**）。

初上銀幕，他在《孤兒救祖記》中，原本是飾演一個正義凜然的小生角色，戲雖不多，可是他的表演天才生有自來，在鏡頭前不但風度凝遠，而且收放自如，鄭、張兩位都許為可造之材。

全劇拍了一半，飾演面善心惡、蓄意謀殺孤兒的男主角張榮，忽然拿起翹來，先是拒收通告，後來索性避不見面。鄭、張兩人四處託人，打聽出但杜宇跟他有點遠親，商請但代為說項打圓場，把他的酬勞全部預付。誰知這位仁兄食髓知味，過不幾天，又三天打魚兩天曬網，蹭起愣子來，逼得張石川忍無可忍，毅然決然把已拍三分之一的影片全都作廢，另起爐灶，重新開鏡。張榮角色改由王獻齋接替，從此奠定了王獻齋專演反派的戲型。

張丹斧在《晶報》上送了他一個「人類罪惡的象徵」的綽號，接著孫玉聲、徐枕亞、陸澹盦等上海文藝界人士紛紛送他綽號，什麼「陰險政客」、「兩面人」、「剝皮流氓」、「無賴標本」，反正任何尖酸刻薄的字眼，眾罪集於一身。他十多年影劇生涯壞蛋角色已成定型，想演一次好人，觀眾也無法接受啦。

後來他參加胡蝶演的《啼笑姻緣》，飾沈鳳喜的琴師沈三弦。大隊人馬到北平出外景，他雖然祖籍山東，又在哈爾濱待了很久，可是他一口吳儂軟語說得非常地道，所說國語反而南音甚重，不夠標準。外景隊到了北平，他整天跟拉洋車的、廟會裡賣小吃的打交道，目的在慢慢修正自己說話的語氣、發音，一個人沒事就往天橋遛達，什麼合意軒、長樂軒一些落子館飯莊子都是他喝茶落腳的地方，所以他在《啼笑姻緣》裡把沈三弦逢迎顧客、陰損刻薄的行徑演得是淋漓盡致，就連彈弦的小動作也做得唯妙唯肖。後來各電影公司陸續拍有《新啼笑姻緣》、《續啼笑姻緣》。飾演沈鳳喜、樊家樹的男女主角演技雖互有短長，可是一說飾演沈三弦的，大家不期而然就想起王獻齋，人人都有今不如昔的感覺。

他聽人傳說，《啼笑姻緣》沈鳳喜，是影射了年華老大醋溜大鼓王佩臣的一段戀愛史寫的。他鑽頭覓縫認識了給王佩臣彈弦的盧成科，花了若干鈔票，只跟王佩臣在擷英西餐館吃了一餐飯，也沒談出所以然來。可惜當時《啼笑姻緣》原作者張恨水沒在北平，否則跟恨水當面一談，所有疑問豈不迎刃而解。

電影界的生活是晨昏顛倒，飲食起居都不正常，他對工作逞強好勝，因此染上了肺病。他怕西醫打針，就改吃中藥，那時王元龍、嚴月嫻都抽上鴉片，他沒事也跟著他們靠煙匹。有人說抽鴉片能遏阻肺病惡化，因此他也漸漸淪入黑籍。到了滬戰爆發，影劇同仁組織上海影人劇團，溯河而上，入川公演。他因體弱多病，又有了這口嗜好，行動不便，於是先回上海，不幸又染上痢疾，抽鴉片最怕鬧痢疾，終於不治，死在上海寶隆醫院。現在一些老朋友，提起王獻齋來還懷念不已呢！

在臺灣提起湯傑來，可能已經沒人知道。可是一說「王先生」，五十歲左右的影迷朋友大概還都有點印象。抗戰初期，剛剛進入聲片時代，湯傑主演的《王先生賣估衣》、《王先生進當鋪》、《王先生過年》等影片，每部都反映了當時社會形形色色的醜態，的確也產生了諷世勵俗的作用。

湯傑原籍湖南沅陵，他的祖父曾在兩江總督衙門當過參將，後來就在南京落籍。據說他家在八府塘置產時，蓋房挖地基處發現髮匪大量藏鏹，所以他家宅第，飛簷重柱，院寬室明，當地人給起名「湯百萬」，提起八府塘湯家，那是無人不知、無人不曉的。湯傑從小錦衣玉食，整天調鷹縱犬，養魚鬧蟀，過的完全是花花公子生活。有一天他忽然心血來潮，看見當年小學同學龔稼農等在電影界幹得有聲有色，他也想跟他們一起去玩。當時明星公司需材孔殷，於是他便輕輕易易踏入了電影界。湯傑平日雖然吊兒郎當，毫無豪宕沉雄氣概，誰知他拍起電影來倒能敬業樂群、一絲不苟。演王先生影集，為了造型需要，他把靠近門牙的上下六顆牙齒全部拔掉。看看現在影劇界，要演僧侶或清裝戲，有些人愣是不肯剃掉長髮，美其名曰護髮運動，跟湯傑的敬業精神比起來，實在差得太遠了。

湯傑演王先生劇集一集接一集，成了定型，有些影迷跟他見面直呼王先生，他也居之不疑。湖南人總有點辣椒脾氣，片場裡最現實，欺軟怕硬的事情特別多，要是這類事讓他碰上，他必定是分條析理，把事情擺平，事情管多了，難免有得罪人的地方。抗戰勝利還都，他擔任過國軍康樂隊隊長，到了共產黨統治之後，給他扣上一頂影閥的大帽子，先鬥爭、後清算，一度下放到祁連山區挖中藥。一九五三年冬天逃回上海，在無衣無食饑寒交迫之下，倒斃南市。

從中國開始攝製影片半世紀來，我看過的國產片，從默片到有聲，從黑白到彩色，最少也在兩千部以上，見過的男女演員，那更是記不清、數不明。不過王獻齋、湯傑兩位的造型仍然不時縈迴腦際，足證好的演技是永不磨滅的。

阮玲玉的一生

合肥李竺孫是位神采俊邁、翩翩裘馬的佳公子，他家累世簪纓，又住在上海跑馬廳一處瓊樓玉宇、穿廊圓拱的巨廈裡，因此乃叔、乃弟都遭過徽幫匪徒的綁架，花了巨款才先後贖回。誰知匪徒們食髓知味，目標又指向李竺孫，家人驚慌，不知所措。恰巧他的舅父貴池劉碩父，正跟自法學成回國的名攝影家汪煦昌在愚園路合組神州影片公司，他就躲到神州影片公司內居住，暫避匪焰。

住了兩月，正趕上耶誕佳節，電影公司對於這種一年一度的節日，是不肯輕易放過的，於是指定專人籌辦舞會。李竺孫原本有他的舞伴，不過怕隱藏住所被人知曉，影響安全，於是劉碩父讓他在錄取的臨時演員中挑選一位，權充臨時舞伴。他在眾多照片中，一眼看中了一位叫阮玉英的，不過照片後註明：擅長廣東話，略諳滬語。李竺孫對廣東話一竅不通，上海話也不甚流利，正在躊躇不定，劉碩父愣給他作主，把阮玉英安置成李竺孫的舞伴，並偷偷帶阮到北四川路亨利租了一套輕紗禮服。這個舞會布置得雍容高雅，一個燕尾圓轉飄舉，一個袒肩曳綃柔雲，大家仔細看來，才知道那位環姿豔逸、翛然出塵的麗人，敢情是剛被錄取的阮玉英。她出過這次鋒頭後，才堅定了投身電影界的決心。

民國十四年春天，明星公司準備開拍《掛名夫妻》，主角原定由張織雲擔任。由於張織雲跟唐季珊剛賦同居，唐季珊犯了大少爺脾氣，不讓張織雲復出拍片。張石川接受卜萬蒼的建議，登報招考女主角，但是因為當時社會風氣保守，大家閨秀、職業婦女雖然有心投考，可是大都缺少勇氣。

阮因為家境清寒，大家都說她有「開麥拉費司」，她就瞞了媽媽以「阮玲玉」之名，毅然前往投考。那時初出道的影人倪紅豔，正跟鄭小秋熱戀，生怕有人擠掉她當主角的機會，雖然卜萬蒼面試阮玲玉，談了不久，就認定阮是上好悲旦人選，決定錄用，可是小秋受了倪紅豔的慫恿，在張石川跟他父親鄭正秋面前百般阻撓。幸虧明星的旦角趙靜霞極力維護，加上任矜蘋仗義執言，阮玲玉才得被錄用，跟龔稼農、黃君甫主演她的第一部影片《掛名夫妻》。

黃君甫是浦東人，原本是新聞路菜市裡的豬肉攤販，生就癡肥木訥、傻裡傻氣，在戲裡飾演阮的丈夫，卜導演教他演喜怒哀樂各種表情總是做不對，連連吃NG。阮玲玉初上鏡頭本就怯場，加上黃君甫這一攪局，幾乎停拍，所以阮的處女作《掛名夫妻》前半部拍得不能算流暢，到了後半部黃君甫死亡，阮玲玉帶孝守靈、哀痛欲絕的淒苦表情，她的天才演技才盡量發揮。明星公司幾位導演，洪深、任矜蘋、張石川一致認為她比丁子明演悲旦更入戲，從此奠定了她在影壇立足的基礎。

阮玲玉雖然風姿楚楚、明眸善睞，剪水雙瞳令人不敢逼視，可是楊耐梅的《玉梨魂》、《新人的家庭》，影片票房價高，正在影壇紅得發紫，鄭正秋又迷信神怪武俠片子賣錢，加上胡蝶以絢麗涵秀、梨渦醉人在《火燒紅蓮寺》裡出盡鋒頭，阮玲玉只有在《洛陽橋》、《白雲塔》等一類古典小說，公子逃難、小姐後花園私訂終身之類格調不高的電影裡打轉。她那種清遒粹美的品格，遭逢如此冷落，自然抑騷憤嘆，自惜伶俜。

李竺孫有時跟她相遇，總是約她在跑馬廳美心咖啡室，讓她吐吐苦水。有一次她說，近來她鬱悶得自己連情緒都控制不住了，一上鏡頭，應哭的場面哭不出來，該笑的場面又笑不出來。她因為跟朱飛演對手戲接觸較多，她也知道朱飛沉酣聲色，同仁對他口碑甚差，所以處處防嫌，結果還惹得張石川大發雷霆，在片場把朱飛訓了一頓。當時正拍著《梅林緣》，結果朱飛一鬧情緒，把頭剃成牛山濯濯的光頭無法連戲，最後《梅林緣》由於朱飛的耍無賴終於胎死腹內。「請您替我想想處此情形，我還能在明星公司待下去嗎？」這話說了沒有兩個月，她就轉到聯華影業公司去了。

聯華的羅明佑比明星的鄭正秋、天一的邵醉翁，頭腦都來得新穎，所以他旗幟下的編劇、導演也都趨向新潮。阮玲玉進入聯華後第一部電影《野草閒花》由孫瑜導演，無論劇情結構、燈光布景、演員表白，在在給人耳目一新的感覺。尤其阮玲玉拍的《人道》、《大路》、《香雪海》、《摩登三女性》等片全是場場賣滿堂的影片。當時明星的臺柱子胡蝶、天一的陳玉梅只有望風披靡、甘拜下風。現在臺灣偶然參加電視劇演出的陳燕燕，就是當年跟阮玲玉在聯華的好搭檔。當年成千上萬的影迷對阮瘋狂的崇拜，只有後來的「梁兄哥」凌波差堪比擬，此外還找不出第三人能跟她比肩呢！

阮玲玉原籍廣東三水，父親做跑船生意，不幸早亡。寡母稚雛顛沛流離，乃母給人幫傭輾轉來到上海，阮先後在崇德、務本女中就讀，因為家境清寒未能卒業。同鄉張達民在上海經營廣貨生意，見她母女生活維艱，不時予以濟助。張丁內艱，阮氏母女感於張達民平日援手之德，阮自動到張家服喪盡禮，因在服中，雖未舉行婚禮，可是實際上已賦同居，並且生了一個女兒叫小玉。

她投身影壇，張達民極端反對，勸阻無效，因此忿而離滬，到福州去經商，落個眼不見心不煩。阮玲玉此時由明星跳槽聯華，逐漸大紅大紫，應酬增多，一次在大華飯店舞會上，經徐欣夫的介紹認識了茶商唐季珊。唐氏儀表儼雅，談吐俊邁，而且出手大方，所以兩人交往不久，阮氏母女就搬到新聞路金扉雕翠的沁園村唐公館，阮遞補了張織雲的地位，做了沁園村新的女主人。

張達民聽說阮玲玉不聲不響投入唐季珊懷抱，於是趕回上海聘請律師致函唐季珊，指唐侵佔財物，準備訴諸司法。唐以阮氏母女隻身來投，何來財物，指陳各點全係誣枉，亦延聘律師向法院控告張達民妨害名譽。張受某高明人指教，改控唐妨害家庭，此一影壇桃色新聞，立刻轟動整個上海。

在張、唐互控期間，上海一般專刊凶殺桃色新聞的報紙雜誌，不但大肆渲染，而且無中生有、繪影繪聲，某三月刊，甚至把阮玲玉鼻窩幾粒白麻子都寫成了花邊新聞，部分輿論更指摘阮忘恩負義、愛慕虛榮。長篇累牘口誅筆伐，鬧得阮玲玉幾乎精神分裂，只好暫避喧囂躲到九華山去靜心養性。可是住沒多久，種種離奇古怪的緋聞又傳到山上來，於是又匆匆回到上海。

李竺孫的令兄是上海有名的星相家，他給阮看過八字，說如果阮的八字時辰準確，連當年的春分都逃不過。李竺孫又給她到黑喬松占六壬神課，也是大凶。當時上海有位精通易理的落拓文人嚴芙蓀，專門在街頭給人測字，自稱「葫蘆子」，往往奇驗。李竺孫給她拈了「禾」字、「尹」字，嚴芙蓀說：「禾字無口可和，如果涉訟，官司要打到底，而尹字為伊人不見，往深裡看穿龍槓抬著屍首，凶機已露，慎防慎防。」

李竺孫三問皆凶，知道大事不妙。果然，在民國二十四年三月七日她覺得人言可畏，服了大量安眠藥，第二天清早經唐季珊發覺送到寶隆醫院救治。因為她懷有必死決心，安眠藥量多力強，救治乏術，一朵影壇奇葩從此香消玉殞、魂歸淨土了。

前十幾年，筆者在臺中舍親家便飯，遇到徐欣夫，彼此多年不見，都多吃了幾杯，不覺談到了阮玲玉。他說從前藝技出名的戲劇家余上沅跟王瑞麟說，中國女影星能照導演所說，做到百分之五十已屬上駟之材，阮玲玉能做到百分之七八十，前無古人，而後無來者不敢說，可是到現在還沒發現呢！阮的才藝如何，從徐老的這幾句話可以思過半矣。

張織雲的遭遇

中國早期影壇有豔星之稱的悲旦，一是阮玲玉，一是張織雲。兩人同是廣東人，又都是養女，一前一後都嫁過茶商唐季珊，種種巧合令人不可思議。名導演張石川曾經說過：「一個銀幕前的演員，能照導演的指點，做到百分之六十以上，已經是挺不錯的了，能做到百分之七十算是上駟之材。阮玲玉蘭心蕙質，一點就透，能把導演的想法做到九成以上，為影壇不經見的一朵奇葩。張織雲由於教育程度不高，初入影壇又僅諳粵語，指導她在開麥拉前表演，非常吃力，跟阮玲玉的演技來比，實在無法相提並論。不過她謙抑虛心，所以後來也成為一顆紅星。」

張織雲是廣東中山人，幼年跟養母到上海來謀生，因為家境不好，連中學還沒讀完就輟學了。她對社會少有接觸，對於人情世故完全不懂，所以對外交涉、生活安排一切全聽養母的調度。養母是個不講信義、唯利是圖的狡猾婦人，所以造成張織雲畢生坎坷的遭遇。張織雲最初是投身明星公司才逐漸發跡的，她跟楊耐梅、朱飛、鄭小秋聯合主演的《空谷蘭》，在卡爾登首映。當時，卡爾登是首輪西片影院，選片嚴格，中國影片是無法擠進去的。《空谷蘭》能在卡爾登首演，大家都詫為是異數。據說明星公司是準備以先聲奪人姿態，打擊新成立的「民新公司」，人情、銀彈雙管齊下，才為國片在該院上演開了先河。

《空谷蘭》上演隨票贈送印刷精美、圖片多幅，厚達三十幾頁的手冊。經過這樣大力宣傳，果然讓明星公司大賺一票，並且跟范朋克主演的《俠盜查祿》同創票房最高紀錄。不過塞翁得馬，焉知非禍，明星公司剛把張織雲捧成紅得發紫的熠熠影星，立刻被民新公司的黎民偉、李應生看重，甘言厚幣挖了過來。

在民國十三、四年，電影事業草創時期，演員跟公司分離聚合，主要是憑感情交情來維繫，雖然也都訂有合約，可是合約的約束力量是極為有限的。所以演員跳槽，說跳就跳，不像現在合約具有無限權威，在合約未滿之前，是沒有辦法轉移陣地的。黎民偉、李應生跟張織雲母女是同鄉，廣東人是最講鄉誼的，同時張織雲進民新第一部戲《玉潔冰清》是根據天津名小說家潘公一部名著改寫的劇本。故事敘述一青年畫家到鄉村寫生，邂逅一位天真無邪的少女，兩人由相識而相戀。畫家回到城市，又愛慕一位富家女的財富，另締良緣。事為村女獲悉，因悲痛過度得了失心症。此一鄉村少女角色，頗合張織雲悲旦戲路，再加上黎、李對張織雲養母的銀彈攻勢，張織雲容容易易就轉到民新公司來了。

張織雲踏入影界之初，在明星公司主演各片，就是由卜萬蒼擔任攝影師。燈光的運用、位置的安排、特寫的穿插，經過卜萬蒼盡心的規劃，能增加若干美感畫面，而卜又正是張緒當年、風度蘊藉、言詞清蔚，相處日久竟然博得美人芳心。而張的養母知道，此刻想登龍門，勢須借重卜萬蒼的支持不可，便積極撮合，於是卜、張二人由同事變膩友，很快就在古拔路營築香巢共賦同居之愛。同時卜的好友龔稼農、湯傑搬來同住，也都轉入民新公司擔任演員。

《玉潔冰清》的導演順理成章自然是由卜萬蒼擔任，這時候難題來了。老闆黎民偉看到張織雲明眸善睞，豔光照人，便以財東的身分告訴卜導演，自己打算現身銀幕擔任《玉》片男主角；而編劇的歐陽予倩也認為劇中生角，由他來演最為適當。卜萬蒼事出兩難，但又無法拒絕，只好請黎跟歐陽分別化妝試鏡。黎年逾中年，已無翩翩裘馬的風采；歐陽原為平劇旦角出身，粉墨登場，又嫌脂粉氣太濃。兩人試鏡均不理想，才改由儀容偉邁的龔稼農擔任。卜萬蒼因此就跟黎老闆無形中產生芥蒂，《玉潔冰清》甫告拍完，卜、黎即發生冷戰，卜在民新漸變成閒散人員。

民新另外一位老闆李應生，是上海法租界巡捕房的中國翻譯。早年翻譯地位雖然不高，可是做了捕房舌人，就能出賣風雲雷雨了。他的太太也就藉著李的地位特殊，專門結交豪門巨富、達官權要，成了當時十里洋場社交界中一位女大亨。以當時上海社會風氣，大家都認為電影明星是交際場合中比較高級的伴侶，能夠帶著電影紅星同餐共舞，都覺得身分高華，臉上有無限光彩。李應生太太就利用這點心理，時常以老闆娘身分外出交際應酬。起初，還邀卜萬蒼一同參加燕遊，後來索性單邀張織雲了。卜萬蒼一看苗頭不對，要張注意李的脂粉陷阱，多加警惕。可是張剛剛踏入紙醉金迷的場所，既新奇又貪玩，把卜的金玉良言當作秋風過耳，不去理會，反而變本加厲。後來張在交際場合認識人愈多，交際愈繁。張本生得清標霜潔，絢麗涵秀，在人影衣香、花光酒氣中恍如一朵出水柔葩，漸漸成了闊佬們追逐的對象，反而看卜萬蒼剛愎自用不太順眼。由小吵而大吵，彼此惡言相向漸成尹邢避面。有一天張自蘇州拍完影片回到上海，逕自囊括細軟，不告而別，搬回養母家去。卜萬蒼知道儂心已變勢難挽回，三載鴛盟，只好忍痛分手。

張織雲跟卜萬蒼分居不久，每天沉迷在歌廳舞榭，過著紅唇軟吻、曼舞微醺的生活。茶商唐季珊金多且閒，自然乘虛而入，日傍妝臺。烈女怕磨男，過了不久，盛宴宏開，唐在匯中飯店大宴親友之後就金屋藏嬌，張從此不出華廈一步，過著溫柔鄉生活，等於與社會完全隔絕。就是偶或在先施、永安驚鴻一瞥，連以往極熟的朋友也難得打一下招呼。時光流轉，昔日悲劇豔后，影迷們漸漸把她忘了。

唐季珊對於張織雲日久生厭，又迷戀上阮玲玉，對張如棄敝屣。此時張織雲大夢初醒，頗思東山再起，明星公司張石川聞聽張織雲已成秋扇之捐，顧念舊誼，頗想拉她一把。可是電影已從無聲進入有聲時代，張織雲國語不太靈光，只好邀請唐槐秋跟她合作，拍了一部粵語發音的影片《失戀》。粵語片本來在上海不甚受大眾歡迎，加上燈光灰暗發音不清，張不但不能恢復以往聲譽，反使人覺得老去明星確難跟現代紅星一爭短長。後來張把身邊積蓄陸續花光，一代豔星似乎已無人提及。

抗戰初期，天津各大飯店住的都不是正當旅客，而是遊蜂浪蝶。換而言之，每家飯店除了原有常到住客之外，全讓一班神女攫為窩巢。我有一天到「巴黎」訪友，在三樓電梯拐角處，看見一位麗人，素面天然，別有一番丰韻；似曾相識，愣了一下，才想起她是張織雲。

當年她在明星公司未走紅之前，神州影片公司當家花旦丁子明突然退隱，張織雲也很想換換新環境，跳槽神州影片公司另謀發展，而神州老闆汪煦昌也認為如果有好劇本、好導演，張織雲必能成為影壇奇葩，因為她養母所索片酬太高，沒能達成協議。幾度晤談，我均在座，所以她跟我並不陌生。她一愣之後，也想起前情，立刻拉我到她房間小坐。她自再度拍片失敗，養母也因病去世，軟紅十丈，已無顏露面。在武漢混了一陣子，又輾轉來到了天津，我看她處境甚差，打算送她點錢，又怕她臉上磨不開。小坐辭出，懇託元興旅館張老闆代她付了一個月旅館費，免得她天天為房租發愁。過了一年多，我再到天津，元興張老闆跟我說張織雲半年前已不住巴黎飯店。芳蹤渺渺，大概早已魂歸離恨天了。

從北平幾把好胡琴談到王少卿

筆者年輕時候，不但喜歡聽戲，有時還粉墨登場，深深體會到在臺上打鼓佬跟拉胡琴的重要性。您的身段再細膩、再邊式，要是沒有好打鼓佬的幫襯，是顯不出精神來的；您的唱腔再磅礴、再柔美，要是沒有好琴手托腔，是顯不出功力來的（崑腔的唱用笙笛、南弦子，梆子用板胡、笛子，至今未變。皮黃最初也用笛子，到了同治、光緒年間，才改用胡琴的）。

筆者聽過的最老的琴手是孫佐臣又叫老元，他身長、臉長、手指頭也長，音域寬，據說他盛年時節手音特佳，剛勁俊茂，卓爾不群。筆者只聽過他給孟小冬拉過《捉放曹》、《盜宗卷》、《搜孤救孤》幾齣戲，過門宏邈高雅，托腔大概是小冬調門低，孫老晚年耳音已差，覺出小冬唱來有時顯出稍感吃力。最後一次是哈爾飛戲院開幕，賽金花剪綵，孫菊仙唱《硃砂痣》，兩老都患重聽，拉者自拉，唱者自唱，兩不相伴，倒也有趣。陳彥衡原是名琴票，人稱陳十二，是有名的譚迷。他跟北平馬菊坡研究譚腔，著實下過一番工夫。哪一個腔譚怎樣唱，胡琴應當怎樣托（譚的琴師是梅大瑣），他們二人聽完這個腔，扭頭就走，回到家立刻譜出工尺來，一次不成再來二次，所以陳十二對譚腔記得最確實，就是拐彎抹角的地方也絲毫不漏。言菊朋自稱老譚派，大半玩藝都是得之於陳彥衡，言首次應聘赴滬演唱，就是陳彥衡給他操琴。不但所貼海報特別說明何人操琴，出場時還給他另設坐椅，鋒頭可算十足。

李佩卿一直傍著余叔岩，他的琴藝蘊藉儼雅，不矜不躁，能讓唱的人從容舒暢。叔岩中年以後，便血宿疾時發，累工戲難免有力不遂心的地方，李佩卿都能不著痕跡給彌縫過去。後來叔岩久不登臺，佩卿傍了別的坤角，叔岩換了朱家夔，才知道當年李佩卿在場上幫襯的好處。

穆鐵芬在旗，大面大耳，衣著整潔，氣度雍容，所以大家送他個外號「穆處長」。十三歲時他的琴藝已經豁然有成，加入伶票雲集的春陽友會，名師益友，相互切磋，藝事更為精進。後來下海傍程硯秋，舉凡程的「抽絲」、「墊字」、「大喘氣」，他不但托得嚴絲合縫，程走低音遊絲繼續，他能用胡琴帶過，使得程的行腔換氣能夠從容調息，程腔流行，他的助益不少。王又荃叛程，改傍新豔秋，穆也棄程就新。硯秋自從穆叛離後，換了若干琴手都不合意，才覺出跟穆的分手是自己最大的損失。後經北平廣播電台台長張眉叔把周長華介紹給程硯秋，程才算有了固定琴師。現在聽聽百代、高亭時代程的唱片，再聽聽後來程的錄音帶，穆、周的藝事就可以分出左右來啦。

趙硯奎一直傍著尚小雲，人雖看著文秀，可是他的琴藝不務矜奇、自然蒼勁，跟小雲的鐵嗓鋼喉相得益彰。張君秋雖然是李凌楓的徒弟，後來張腔流行大陸，大半都是趙硯奎給愛婿譜的新聲。梨園行向來是意見分歧、頗難為理的，趙硯奎當選梨園公會會長，連選連任，一幹就是十多年，足見趙在梨園行的人緣物望是如何啦。

陸五的胡琴跟孫佐臣是一個路子，手快音美。他伺候龔雲甫的時候，彼此還有個商量，等給李多奎拉的時候，我怎麼拉，你就得怎麼唱，整得李多奎時常唉聲嘆氣，等登臺爨演，又少不了陸五那把胡琴來托，您說絕不絕？

趙喇嘛是個左撇子，據他說小時候學胡琴的時候，不知挨了多少揍，左撇子始終沒改過來。他既傍譚富英，又傍荀慧生，一剛一柔，他能夠左宜右有。陳十二說趙喇嘛的胡琴：「各適其指，妙如轉圜，只是瞧著有點彆扭而已。」倒是幾句知人之言。

陳鴻壽，知道他的人不太多，可是他的胡琴拉得確實有真功夫。最先給王少樓操琴，少樓倒嗓久久不能恢復，他就改為給票友說戲。漢口名票何友三到北平拜鮑吉祥為師，花了若干現大洋，連齣《南陽關》都沒給說全，後來章筱珊給何介紹陳鴻壽給說，一年之內《鼎盛春秋》、《紅鬃烈馬》不但說全，而且非常細膩。陳經何友三的譽揚，南票北來，都紛紛請陳鴻壽給說戲，他的收益反而比傍角進得多，這都是好心有好報的明證。

郭五專傍言菊朋，他是北平名醫郭眉臣的胞侄。郭跟言大、言三是把兄弟，言氏兄弟沒事就在郭家起膩。郭五手音好，腔記得快，因為整天跟菊朋在一塊兒研究音韻腔調，所以言菊朋的「十八道彎」、「九腔十二轉」怪腔怪調，只有郭五托起來能夠從容不迫、包得嚴實。菊朋《罵殿》的「八大賢王」、《讓徐州》的「未開言」，都是言、郭二人研究出來的傑作。郭五有一種少爺脾氣，只傍言三。因為跟奚嘯伯是髮孩兒，所以有時給奚調調嗓子。言三去世後他也封琴退隱，不彈此調了。

楊寶忠是楊小朵的長子，道地梨園世家。他原本唱老生，《罵曹》的「漁陽三撾」可算一絕。搭入楊小樓班，尚小雲首演《摩登伽女》跳「天魔舞」，特約楊寶忠登臺伴奏梵亞鈴。不久他在王府井大街開了一家中華樂器社，胡琴與梵亞鈴雜陳，丹皮、羯鼓並列。文場彈弦子老手錫子剛說：「寶忠喜歡玩弦樂，跟他唱老生，一個使豎勁，一個用橫勁，胡琴拉好了，嗓子也完啦。」果然不多久，寶忠真的全回去啦。後來給馬連良操琴，相輔相成，賓主非常乳化，不過寶忠的胡琴有一缺點，胡琴過門時常雜有西洋音味，故梨園行老輩人不大贊成。他有個外號叫「洋人」，就是說他有點洋裡洋氣的。

有一年，連良應黃金大戲院禮聘赴滬演唱，寶忠因家事纏身，無法隨行，才換了李慕良。李倒是可造之材，不過太喜歡賣弄。上海幾位資深琴票，批評李慕良玩藝華而不實，可稱允當。

梅蘭芳從天樂園唱到文明茶園初期，都是由他伯父梅大瑣操琴。後來梅大瑣年老耳音失聽，才換徐蘭沅給拉。徐當年不但侍候過譚老闆，而且對賈洪林、劉景然、余玉琴、楊小朵等生旦的唱腔都有研究。他的胡琴除了穩健之外，音姸韻美，托腔綺密，所以梅用了徐蘭沅之後，終生沒換過琴師。而徐蘭沅自傍上梅蘭芳之後，除乃弟碧雲在平組班，為了壯其聲勢，他給拉了幾場之外，終生也沒傍別的角兒（陸素娟在平組班，班底配角文武場面，全用的是承華社原班人馬，徐顧念同仁生活，勉強拉了兩三期）。

自從旦角唱時加上二胡，梅蘭芳因為王鳳卿的關係，用了王少卿。少卿小名叫二片，所以伶票兩界都叫他二片。他除了給乃父鳳卿、乃弟幼卿拉胡琴之外，專門給蘭芳拉二胡。二片人長得白皙，衣飾麗都，臺下人緣極佳。他頭腦靈敏，對音韻能夠鉤深致遠，梅的唱腔十之八九都是他的傑作。高亭公司給梅灌《太真外傳》唱片時，一段反四平調，有兩個過門，二片認為不滿意，重灌四次之多，直到他滿意為止，足證他對藝事的認真。

在臺上，他的二胡調門總比胡琴高一點點，好像二胡有點淩駕胡琴之上的趨勢。他在臺上有幾樣絕活，假如唱到緊要關頭忽然斷弦，他能用一根弦拉，讓臺下一時聽不出來。拉二胡中途接弦不算稀奇，他給幼卿拉《落花園》中途胡琴斷弦，讓臺下人替他捏了一把汗。真是藝高人膽大，他不慌不忙，眼快手快能把弦接上，這是一般琴手所辦不到的。

胡琴是由擔、軸、筒、弓四大類，外加皮弦、碼、馬尾、千金組合而成。王少卿的胡琴擔、軸、筒、弓都是百中選一，千中選一。擔子的尺寸、竹節要長得合適，讓出接弦地方不扛手。軸子鏤花用六瓣紋，不用螺絲紋，免得鬆弦、緊弦時咬手。筒子要圓而且要出剛音。他對筒子上所蒙蛇皮最講究了，他的胡琴絕不用蟒皮，他說鑼鼓一震，蟒皮音就回去了，而且不能及遠。他的胡琴都是交給琉璃廠東門一家叫「馬良正」的胡琴鋪給攢組起來的。他有二三十個空筒子放在馬良正那裡，明天有戲，今天現蒙，就拉個脆勁兒。他給鳳二、幼卿拉一場戲就換一個筒子。他最喜歡聽劉寶全的大鼓，他有若干新腔，都是從大鼓腔裡悟出來的。

孫老元有一把羅漢竹的胡琴，據說是慈禧皇太后上賞的。孫老元封琴退隱後，這把名琴就給王少卿了。孫老的胳膊長，所以他用的弓子也比別人用的長個一兩寸，少卿用著可就不稱手了。有一天他與馬良正閒聊，發現有一隻弓子上隱然有一隻凸起的蘭花影子，他立刻拴上馬尾，跟他那把名琴配個珠聯璧合。他說胡琴一定要用琴套，用棉繩抽緊套口，別在腰腿之間，一走一甩絕不打腿。讓胡琴過過風，到了臺上才能發出脆音，至於把胡琴放在皮匣裡，讓人瞧著好像西洋樂器似的，那叫狗安犄角（洋式）。大家都知道，他當時是指著楊寶忠說的。其實現在臺灣伶票兩界，有哪位還用胡琴套呀！

王少卿自從承受孫佐臣上賞那把胡琴，立刻做了一幅黃緞子琴套，自正屋北上牆，打了一座彩錯金披的琴龕，偶或研究出新腔，必定把御賜胡琴請下來，拉奏一番。有一年過年，有些同行至好到他家拜年，正趕上他跟太太發脾氣。他養了不少水仙花，琴龕下面放著一張紫檀的半圓桌，他太太好心好意放了一盆水仙，他看見之後，愣說水仙花的水氣上升，影響了胡琴的音色。他家人有時背後叫他二膘子。他除了鑽研琴藝外別無所好，每逢他譜出一個新腔，他一高興叫泰豐樓給做份清湯翅子來，一人獨享，這就是他最大的嗜好了。

他在梨園是顯赫世家，平時飲食服御又比較豪華，文革時期，當然難逃清算鬥爭的厄運。有人說他下放新疆焉耆，有人說他已在西安病故。總之他就是活著也年過古稀，想再聽他清新婉轉的琴聲，只好求之於高亭、百代的老唱片啦。

言菊朋的淒涼下場

前幾天言慧珠的嫡傳弟子張至雲，從日本投奔自由，一些老朋友湊在一塊兒，談來談去，就從言少朋、言慧珠談到言菊朋身上來了。

陳定山先生說：「言菊朋初期，飲譽之盛是超過余叔岩的。」這句話一點不假。言菊朋民國初年沒下海時期，筆者在北平福壽堂聽他跟尚小雲唱《汾河灣》，「家住絳州縣龍門」一句倒板用真嗓挑起來唱，神滿氣足、滿工滿調，余叔岩跟張伯駒坐在臺下聽戲，亦不覺擊節稱賞，自嘆不如。

菊朋下海之後初次南下，跟梅蘭芳同時在共舞臺演出，特請琴票聖手陳十二彥衡操琴。此時菊朋藝事正是巔峰狀態，加上上海幾位老譚迷力捧，聲名大噪。菊朋沾沾自喜之餘，又犯了狗熊脾氣，跟陳十二鬧得不歡而散。期滿回到北平，琴師換了郭少眉（**郭眉臣的侄子，人都叫他郭五**），表示杯葛陳十二，自創新腔，主張以腔就字。後來他唱《罵殿》的「八大賢王」，《讓徐州》的未開言，疙瘩腔，十八道彎越唱越怪，除了郭少眉跟他整天耳鬢廝磨能托得嚴實外，梨園行幾把名琴，人人搖頭，誰也不敢伺候言三爺。言把老譚分成新舊譚派，自命舊譚派傳人，言談動作處處都要模仿譚叫天。老譚有聞鼻煙的嗜好，他也得弄一隻「辛家皮」的鼻煙壺揣在懷裡，沒事就掏出來聞一鼻子。所以一進戲房扮戲，也要學老譚先洗鼻子。菊朋天生西字臉（短而寬），所以他戴的高方巾特地做得高一點，髯口特別短。有些刻薄人說他高帽子、寬臉子、短鬍子、洗鼻子，外帶裝孫子，給他起名「言五子」，可算刻薄極了。

菊朋唱戲有一特長，無論唱腔怎樣轉腰子，可是絕不倒字。因此又有人給他起了另外一個綽號，叫他「五方元音」。他最瞧不起馬連良，說他貧腔俗調滿嘴倒字，極所不齒。言菊朋跟他的夫人高逸安從洞房之夜起，就發生了裂痕。據初期跟梅蘭芳合作的名鬚生孟小如跟我說：「言、高花燭之夜，按滿洲規矩，新娘盤腿坐在炕上不下地行走。夜闌人散，菊朋進入洞房，一挑蓋頭，赫然發現新娘有腔無頭，人頭放在兩膝之間，他一驚而厥。等還醒過來，又怕是自己眼岔，秘不告人。因此卻扇之夕，並未合巹。」

後來少朋兄妹出生，夫妻二人始終貌合神離，分道揚鑣，各有所歡。高逸安在北平名女人堆裡混出點小名堂來，也是韻事頻傳。後來高逸安索性加入電影圈子，在北平跟洪深拍了一部《故都春夢》，言、高兩人從此決裂更甚，彼此都堅決表示要離婚。後來經親友們調停，暫賦分居，子女依父依母各隨所欲。

少朋自幼對平劇耳濡目染，興趣甚濃，不過對乃父以腔就字、句妍韻正、鬱律蒼涼的唱法極其反感；倒是對馬連良衣飾都麗、清遒飄逸的作風倍加傾倒，心追口摹，而且筆錄札記。大家也給他起了一個外號，叫「馬連良的背影兒」。他幾次想偷偷拜在馬的門下，連良知菊朋執狃寒酸，不肯點頭。後來實在受不了少朋的窮磨，只好錄為記名弟子。菊朋是最講究四聲陰陽吐字的，大丈夫難免妻不賢、子不肖，賢如堯舜尚有丹朱。不過自己兒子不爭氣，偏偏要拜倒字最多的馬大舌頭，實在令老父難以釋懷，這是他親自對好友大律師桑多羅說的。

菊朋平素對一對寶貝女兒慧珠、慧蘭極為鍾愛。可是言氏姊妹愛慕虛榮，崇尚時髦，交了幾個手帕交，都是交際叢裡名媛、風月場中高手。這些人混在一起，搔首弄姿，爭風吃醋，醜事頻傳。菊朋是個古板人，看不慣女兒這種大膽作風，管又沒人肯聽，只好匹馬單槍應聘到上海，一面唱戲一面躲靜。誰知冤家路窄，慧珠也打著「梅門高足」的旗號到上海來演唱。要說慧珠是梅門高足，倒也不是毫不沾邊，不過她的玩藝十之八九是朱桂芳傳授，梅老闆偶或指點指點而已。慧珠甚至說連梅的時裝戲《鄧霞姑》她都會一節。梅時裝戲僅有《鄧霞姑》、《一縷麻》兩劇，《鄧》劇程繼先飾姑子，梅認為是戲中敗筆，在文明茶園、吉祥園各演一次，即掛起絕口不談，言說會此戲恐非實情。慧珠扮相雖然不算嫵媚姣冶，不過豔裝刻飾之後，倒也柔曼修嫮，加上人極聰穎，唱腔、武功都還不弱，於是在上海一炮而紅。

菊朋一看在上海唱不過女兒，於是躲到南京去唱。心裡一窩囊，嗓子越發不濟事，全憑假嗓鬼音來對付。後來上海名票大律師鄂呂工，有事到蕪湖去調查案子，聽菊朋唱《連營寨》帶白帝城病榻彌留，氣若游絲，怛惻淒涼，簡直哭了起來。回到上海把乃父偃蹇抑鬱、窮愁淒苦情形告訴了慧珠。總算慧珠姐妹還念父女之情，趕到蕪湖，把老父接回上海，從此隱息，紅氍毹上再也沒聽見過言腔言調。偶或慧珠唱《十八扯》來個一趕三的《二進宮》，或來段《讓徐州》，倒也可以亂真。

聽說後來言慧珠嫁了江南俞五，紅衛造反時期，言慧珠受不了紅衛兵百般淩辱，被逼得穿上宮裝自縊身亡。遠道傳聞真相難辨，張至雲女士既然跟慧珠有師生之誼，所知慧珠一切，總比傳聞來得真切。

看電視《雁門關》憶往

國劇第十七次聯合大公演，有一齣全本《雁門關》。這種大群戲，當年除了內廷傳差，或是大職務，等閒是很難攢得起來的。戲中佘太君、蕭太后雖然都不是第一主角，可是這齣以氣勢勝的群戲，如果飾太君、太后兩個角兒撐不起來，就暗淡無光、聽著不起勁兒啦！

從民國初年起，龔雲甫、陳文啟、羅福山、孫甫亭、玉靜塵、李多奎都演過佘太君。龔出演《釣金龜》的康氏儼然就是老貧婆；演《雁門關》的佘太君，除了鬢絲暮靄，而且能把立言忠鯁、躬行踔厲的神情刻畫出來。臥雲居士玉靜塵自稱曾經得過龔老悉心指點，所以演來大致不差。陳文啟、孫甫亭演的只能說是勉強稱職而已。羅福山可就差勁了，他本就面目黧黑，把佘太君演成了《雌雄鏢》的老婆婆，凶悍不講，簡直把這個角兒給糟蹋啦。李多奎一向只知閉著眼睛苦唱，臉上毫無表情，當然這路表做都重的戲，對李來說簡直不對工。侗五爺戲稱李多奎是《水滸》裡的「沒面目」焦挺。我說，王少堂說《水滸》形容焦挺腦門子上長了一個軟而且大的肉瘤，平時垂下來把眉眼都遮住，打架時百脈賁張，肉瘤立起來，所以他的外號叫「沒面目」，把李多奎叫焦挺未免過於不倫吧！笑談表過，且歸正文。這次在國軍文藝活動中心公演以謝景莘來反串，雖然有的地方稍嫌過火，可是環顧臺北梨園行，除了謝又有哪位比他更適當呢！

有一年陳筱石（夔龍）制軍在上海孟德蘭路寓所做壽，戲提調派了一齣《雁門關》，就是蕭太后找不到適當人選。那時候正是上海名票陳小田嗓子最閒時候，他在高亭公司灌有《落花園》等唱片八面，於是請他飾演蕭太后。陳小田先是推三阻四，後來總算勉強答應。這齣戲他唱得滿工滿調，表做俱佳，敢情他的祖岳父李經畬跟陳德霖是老朋友，他在北平時，跟陳德霖學了不少玩藝。

有一天陳小田在上海三星票房裡說：「蕭太后在《雁門關》裡是戲膽，全齣戲的好壞，『她』的影響最大。」他聽丑行前輩遲子俊說，光緒年間內廷傳差，有一齣《雁門關》，本來是王瑤卿的碧蓮公主，陳德霖的蕭太后。臨時陳德霖因為染上重感冒，一字不出，遞了請假牌子，本來應該由路玉珊代替陳德霖飾演蕭太后，當時由於王瑤卿自告奮勇，於是改了王瑤卿。「這齣戲前半部唱詞雖然多了點，但大致跟《四郎探母》差不離。到了後半部，八郎哭城，都城御前會議，決定降宋，城門責女訓婿，迎降請罪幾場全是內心戲。說白要悔裡帶恨、柔中有剛，臉上帶有靦愧淒涼、虺虺阿絢神情。老夫子（陳德霖）演來揣摩入微，無一不好。人家一誇陳德霖這齣戲唱得好，王瑤卿心裡就有點不舒服。那時雖然王瑤卿跟譚鑫培合作，紅透半邊天，可是他在梨園行班輩至少比陳要晚半輩。可是他一直認為陳只會唱，除了嗓子清脆，做表方面都不如他細膩周到。而他在第一舞臺演過一次大職務戲《雁門關》蕭太后之後，再跟陳老夫子細一比較，才體會出來老夫子就是老夫子，自己的道行比人家還差一大截兒呢！例如對四郎說：『把江山讓給別人也饒不了你們。』雙眉倒豎、嚴肅抑鬱的表情，自己就做得不到家。都城迎降，看見青蓮、碧蓮聯轡而來，一句『我把你們這兩個大膽的丫頭』，語音裡有怨有恨，百感交縈，還有幾分護犢子的意味在內，真虧老夫子不苟言笑的人，怎麼琢磨出來的。宋軍催斬楊家父子，急得蕭太后斬也不是，不斬也不是，進退兩難，聽了佘太君唱：『我兒她婿一般樣，虎毒豈肯把子傷。』兩句散板，蕭后兩腮顫動，真是妙到秋毫，更證明老夫子對演技下工夫之深了。」這些話都是瑤卿由衷之言，不是自己人輕易不肯吐露，遲子俊的話當然不假。

有一年朱啟鈐家做壽，在那桐花園唱堂會，特請倫四爺（溥倫）做戲提調，他給攢了一齣全本《雁門關》。王蕙芳、梅蘭芳，蘭蕙齊芳分飾青蓮、碧蓮公主，那時瑤卿已經楊中不能登臺，他保舉芙蓉草替他唱蕭太后。在福壽堂吃飯，趙桐珊還不敢應，飯後瑤卿在福壽堂把戲裡俏頭，以及他從陳德霖處所獲心得，一一說給芙蓉草、程玉菁聽。芙蓉草對玩藝還是真肯下工夫，那家花園一場戲唱下來，蕭太后得好之多，不輸梅、王，也奠定了芙蓉草後來在上海立足的基礎。

後來我在上海黃金大戲院聽過一次封箱戲八本《雁門關》，程玉菁的蕭太后。趙、程同時受教於瑤卿，程的演出講氣勢，表情就遠不及芙蓉草了。王鐵瑛常說，她爸爸徒弟之中以教程玉菁工夫下得最深，等於手把徒弟，而程玉菁偏偏最不成材，所以她給程師哥起了個外號叫「笨騾子」。可見唱戲除了多下工夫，還要有天分，否則是沒法出人頭地的。現在臺灣的平劇日見式微，能夠攢出一齣中規中矩的八本《雁門關》，已經是難能可貴了。縱或有些小地方欠妥，誰還忍心去苛責呢！

閒話磕頭請安

前幾天有幾位從事電影、電視編導的朋友來舍下聊天，東拉西扯便扯到磕頭請安一些禮節上去了。有人說：「現在演清宮戲劇，總少不了磕頭請安儀式，今天我們就談談這些好不好？」想不到這些陳穀子爛芝麻的往事還有人愛聽呢。

談到磕頭，中國無論南北滿漢，行大禮時，都作興磕頭。至於請安禮節，在前清除了官場之外，只有旗籍人士才盛行請安了。北方人喜慶壽誕，禴禘嘗烝，各項慶典祭典，有的是三跪九叩，有的是一跪三叩首，只有父母亡故磕喪頭是一叩首的。正規的磕頭要一叩一直腰，兩手伏地後垂直，兩目平視。有些人一叩一拱手，北平人叫這種是磕鄉下頭，官場中是不常見的。南方幾家名宦大族因京官做得久了，處處學官派，動輒相互磕頭，兩膝著地點到為止，可是跪拜頻仍，實在比請安還來得麻煩吃力。

請安原本是滿洲人的見面禮，分單腿安與雙腿安（又叫跪安）兩種。單腿安左腿直屈，左手覆膝，右腿後彎，兩目平視，頭不高仰；雙腿安是雙腿屈膝及地然後起身，雙手必須覆膝。此為請單、雙腿安的正宗儀式。至於請單腿安，雙手垂直，那叫打扦，是廝役下人回事的禮儀，不算是請安；該請安的地方，忽然來個打扦，那就算失儀了。至於什麼時候，對什麼人請單腿安、雙腿安，雖然沒有什麼一定之規，但對尊長請雙腿安，平輩請單腿安，大致是不差的。

除了磕頭請安之外，滿族還有三種人行禮是很特別的。第一，親家翁見面，雖然相互請安，可是親家母見面行的禮就特別啦。親家母見面兩人對立伸出兩手，互相一握一舉就算禮成，跟西洋人握手的姿態又大不相同。第二，姐夫跟小姨子是不容見面，要相互迴避的，如迫不得已而碰了面，彼此不作興請安，兩腳一併，好像立正，叫做「打橫兒」，這個名詞現在恐怕已經沒有什麼人知道了。第三，弟媳婦見大伯，無論是行大禮，或是請安，大伯只能還一個「半截揖」，這在南方，平輩磕頭一定要還頭，否則算失禮，在北方如果還頭，反而算是失禮。有人說南北不同風，由此看來，是一點也不錯的。

抗戰之前，我在北平慶和堂參加一處喜筵，座中有一位金盤卿，大家都叫他安三爺，他是遜清濤貝勒的三公子。一群年輕人正聊得興高采烈，忽報濤貝勒到，這位安三爺立刻快步出屋，跪到二門以外，也不管地下乾淨不乾淨，就直挺挺的跪下去。濤貝勒從他身旁走過，視若無睹，昂然而入，他才慢慢起身。我們看了之後，過了若干天才想起當天他們父子一方面相應不理，一方面誠惶誠恐的情景，還覺得有說不出的彆扭呢！

女性請安叫「請蹲兒安」，請安時兩膝彎得深淺，也是大有講究的。對長輩請多深，平輩請多深，各有不同的尺寸。各地駐防旗籍婦女請安，要比北平的婦女請得深，個中人一望而知對方的身分和旗籍。當年南皮張之洞（香濤）家、合肥李鴻章（少荃）家雖然都是漢人，都沾染了若干旗禮，習於請安，其實請安比磕頭省事，可免磕頭跪拜之繁，可是他們無論男女一請安，就覺出他們安請得不太對勁兒啦。

晚輩給長輩請安，長輩要伸一伸手，那叫「接安」。客氣一點的用雙手接，不客氣就用單手接。手伸得遠近高低，也大有講究出入，請受雙方各有感受，不是當事人是體會不出來的。

平劇裡請安最多的是《四郎探母》，梅蘭芳、程硯秋請安都深淺適度，大方邊式，有些坤旦刻意求工，擺好架勢深深一蹲，反而顯得蠢而不靈。

至於現代電視宮廷劇裡的請安，人人手裡都拿條絲巾，請安之前，又像要摸兩把頭，又像甩絲巾，這種非驢非馬的請安式樣，我友那雨庭兄名之曰跑旱船式請安。雖然嘴嫌刻薄，可是想起當年北平跑旱船的領賞請安的姿勢，的確是唯妙唯肖——不差分毫呢！

北平的「勤行」

「勤行」這個名詞，已經多年沒聽人說過。最近還是讀了侯榕生女士一篇訪問大陸文章，提到勤行，才又想起來的。現在跟在臺灣生長的年輕人說「勤行」，恐怕十有八九「莫宰羊」，其實說穿了，就是飯館裡跑堂的。

從前北平飯館子，除了灶上的手藝高、白案子花樣多而細膩外，還講究堂口伺候得周到不周到。所謂「堂口」，就是招呼客人的堂倌，也就是前面所說的勤行。從前北平有勤行大老趙桂山，勤行人稱他為「趙頭兒」，後來連吃客都叫他趙頭兒了。凡是給他磕過頭的真正徒弟，教是真教，管是真管，他手下調教出來的徒弟，個個都能給老師增光露臉，拉住主顧。趙頭兒從會賢堂轉到了春華樓，連不大留心瑣事的舊王孫溥儒都知道趙頭兒轉到春華樓，我們應當捧捧場去。趙頭兒的神通如何就可想而知了。

趙頭兒不管在館子裡，或是應外燴，頭臉總是刮得蹭光瓦亮，冬夏總是半長不短的藍布大褂、白布襪子、青皂鞋，三九天外加一件黑市布面老羊皮的大坎肩。不但他如此打扮，就跟出來的徒弟穿著打扮，像一個模子摳出來的。勤行最注意訓練說話，語氣要不亢不卑，自然要順著客人的話碴兒說，有些事辦不到，該駁的也得駁回，不過要有分寸，免得客人不高興；同時駁了客人，還要讓客人滿懷高興。

北平民俗家張次溪先生有一本《勤行人語》，是他歷年搜集勤行人應對、進退、說話手抄的精彩片段，一共有三百多段四萬多字。報人吳宗祜曾借來，打算在他主編的《三六九》雜誌上發表，僅僅登了十段就中輟了。後來在臺灣，偶或與齊如老在飯館裡同席，看見飯館裡張牙舞爪、自以為是、把客人看成洋盤的堂倌，我們相顧搖頭，就想起張次溪那本小冊子了。齊如老說他倒是抄了一份，可惜沒帶出來，我本是吳宗祜說等全稿登完，另行送我一全份，所以我沒抄。

有一次在此地狀元樓吃飯，隔壁飯座跟堂倌先是彼此爭執不下，後來由口角變成動手了。我們房間有醫務處的陳仙洲在座，經他去勸說調停才算沒事。原因是飯座帶的小孩一不小心摔碎了兩隻湯匙，結果堂倌讓客人照價賠償。這在大陸，飯座不小心摔了瓷器傢伙，就是整堂細瓷，也不許堂倌說二話，趕緊拿笤帚、畚箕把碎瓷掃走，還得賠笑臉，問客人割傷了手沒有，這是勤行留下來的規矩。

據說早年有位致仕的大官，帶著小孫子下小館，小傢伙一胡嚕，把細瓷的湯匙摔碎了一隻，結果把湯匙列在帳單上，老先生一發火，不動聲色讓堂倌再拿十二把湯匙來，一一摔碎，讓堂倌再拿。堂倌一看情形不對，只好請掌櫃出來打圓場。千不是、萬不是說好話，才把這件事了結。從此各大飯莊、飯館有個默契，凡是客人不小心傷損了匙碟，不得列賠，好像現在臺灣各飯館依然照舊奉行呢！

有些性子急的客人，剛點完菜坐下就催菜，這種客人是不懂吃的外行，最難伺候，這就要看會說話的堂倌來對付了。他幾句話能把客人說得舒舒服服，火氣全消。他說：「火候不到家，不能給您端上來，情願來晚了換您兩句罵，也不能端上不好吃讓您生氣，您稍微等一等這就來。」您聽聽這話說得多綿軟得體。

有的飯座吃菜喜歡挑毛病，批評灶上手藝太差。他們也有一套說詞，他說：「您府上大師傅吃過、見過，我們這兒的灶上的，怎麼說也沒法子跟您相比，不過在這一帶大小飯館來說，我們的大師傅也算是數一數二的了。」這種一捧兩抬舉的話，不知他們怎麼想得出的。

有的客人喜歡說：「你們現在的菜不如從前，越做越回去啦。」他們的答詞更妙：「各位老爺口味越吃越高，各位要是常來多給指點指點，就不會這個樣子了。您老要不來照顧，可就真要回去啦。」

有時客人嫌口重了，堂倌馬上接過來說：「一人一個口味，這位吃著口重，也許那位還嫌口輕呢！這個菜鹹了，馬上關照灶上來個口輕一點的。」有的不落坎的客人還要問：「算不算錢？」堂倌趕忙回答：「那是櫃上外敬，哪能算錢，不過吃著鹹淡合適，就是算錢，您不也是高興嗎？」有時候客人嫌魚不新鮮、蝦仁糟爛，會責問堂倌，你們條貨是怎麼預備的？堂倌回答，今天魚蝦雖然剩點新鮮貨，可是沒能搶到手。客人一定問：「那是為什麼呢？」堂倌說：「一則到貨太稀，二則您府上大師傅手疾眼快先給買走啦。」客人當著別位客人固然臉上有光彩，堂倌這一恭維，也就把這件事給搪塞過去啦！

主人請的客人一誇這家飯館菜可做得真不錯，樣樣都對胃口，堂倌就答碴兒說：「您這不是誇讚我們，您這是恭維請客的主人。我們這兒的菜，如果不合您幾位的口味，也不會請您幾位到這兒來賞光。」

您看他們說的話，既含蓄又有禮貌，而且輕鬆幽默，該駁人的地方照駁不誤，可是不惱人。他們這套外交辭令比起資深的外交官來，也未遑多讓。

臺灣近幾年來，政治經濟革新，商業繁榮，大小餐館如雨後春筍，應運而生，勤行人手就顯得不夠用了。有些飯館只重裝潢，不重烹調；只重宣傳，不求實際。堂倌改用女侍應生，只求面貌姣美、衣著入時，斟酒、上菜都不是地方，應對進退也都讓人瞧著聽著彆扭。

有一次我同兩位朋友到一家中型飯館便飯，堂倌倒是男士，一報菜名就是番茄明蝦。我知道他想捉我們大頭，我說：「我不吃番茄，既然有明蝦，你給我們來個蝦片炒嫩豌豆吧！」他說：「今天沒豌豆。」我說：「來個三人份的蝦片炒飯吧！」他知道碰上孤丁了，由掌櫃出來打招呼，才把場子圓下來。

現在有些講排場的餐館，客人入座，就有一位專任侍應生，在桌子旁邊招待。如果是喝啤酒，你喝不兩口，她就把杯斟滿，確實做到翠袖殷勤捧玉鍾，人人杯中酒不空。服務周到倒是周到了，可是客人永遠喝的是既不涼又沒泡沫的苦酒滿杯。前菸酒公賣局的局長楊允棣先生曾經說過，公賣局最好的酒類推銷員，是各飯店的女侍應生，公賣局應當訂出一個獎勵她們的辦法來，可惜沒能實行，他老人家就高升了。我想公賣局真訂出可行的獎勵辦法來，酒類收益必能日升月恆，財源滾滾而來，就不愁繳庫數字達不到預算了。話越扯越遠，就此打住。

總之現在的餐館能把裝潢廣告費拿點出來，好好訓練一下現代男女侍應生，比什麼宣傳的效益都能立竿見影呢！不信您試試看。

談談紅白份子

北方人管喜、敬、壽、禮、奠儀，統稱紅白份子；雖然喜事、喪事都送份子，可是繁簡厚薄，就大有差別啦。白事份子大家都一向從重，因為遭遇喪事的人家，事變之來猝不及防，忝列姻親、友好都應當克盡己力，共襄大事，讓生者能夠從容料理，死者早安窀穸。辦喜慶事就不盡然了，無論娶媳婦、嫁女兒、做生日、辦滿月，事先總要合計合計有個打算。你家喜溢門楣、駕福乘喜，自然應當破費破費，很少有人還要從中撈摸幾文的。當年韓紫石先生在蘇北姜堰過生日，遠地親友前來道賀，一住十天半月。食宿招待不說，臨走時單價船票都要替賀客付清，已經就很可觀了。北方生活純樸，但是家有喜事，招待親友也是毫不吝嗇的。筆者世交錢子蓮世丈過七十正慶，他住在楊村附近落岱，當地只有兩家小客棧，全由他包下招待親友，還是不敷分配，只好打擾有富裕房子的鄰居借住，被褥不敷用，派專人到北平出賃三新棉被買賣家去租。有人全家大小七八口來拜壽，一住就是好多天，問他送了多少錢份子，不過戔戔大洋一元而已。因為早年主客的想法跟現在迥然不同，主人家認為既然是我家的喜慶事，天經地義我應當破費幾文招待來賓；來客心裡想，既然有交情夠得上全家來道賀的，我來是站腳助威，人情比禮物要貴重，份子送多送少反倒無所謂了。

現在辦喜慶事，主人、客人的想法跟以往正好相反。主人家要熱鬧辦喜事，目的在撒網打漁，辦完喜壽慶事，總要剩下幾文；良心好一點的，認為辦事不賺點已經算客氣了，總不能讓我賠錢吧！而現在吃喜酒、壽酒的賀客也好，先替主人打算一番，一桌酒連煙、茶、小費一包在內要花多少錢，一人參加，或夫婦兩人參加，應當送多少份子主人才不賠本。如此一來，辦喜慶事的人既然心懷坦蕩，無虞賠本，於是管他新交舊好、生張熟魏，紅帖子滿天飛。有錢沒錢討個老婆過年；小孩滿月要開湯餅會；拙荊三十歲生日不做不發；雙親生日不熱鬧一下，怕人家笑他不孝；新居落成不請幾桌酒，顯得自己不夠氣派。於是忝屬姻親，或謬附知交就災情慘重矣。

記得宋明軒先生主持冀察政務委員會時期，政界風氣可算清白純樸，只有一椿，就是紅白份子太多。有一位財稅機構處長級主官瞞了原籍太太娶小納妾，有些捧狗腿的人給他訂了福祿壽財富五種份金，我們處裡同仁有七八十位，平均每人要攤份金四元之多。在當時一塊錢可買一百枚雞蛋，四塊錢的份子未免嫌太重了一點，何況又是納妾。我於是婉謝了拿份金簿來請人寫份子的朋友，另外派人到東安市場楊本賢專門買賣禮幛的鋪子，買了一整匹大紅印花綢子，做了上下款把全處七十餘人一律寫上送去。他在聚賢堂辦事，把三面樓欄杆用紅綢喜幛一圍，既醒眼又大方。我們同仁坐了六桌席，足吃足喝每人份金不過花了四毛多。整個委員會一千多人，人人都憋著一肚子悶氣，我們要了這一招，會裡各廳處同仁無不人人稱快，雖然做得促狹點，可是從此會裡風習為之丕變，居然把撒網打秋風的惡習、亂發帖子的風氣硬是糾正過來。當時財務處長張劍侯跟我說，這樣一來，財務處的同仁借支立刻少了許多。這一舉措可算是對同仁的一個德政。

辦喜事請人證婚，早先在大陸證婚人必定是送喜幛一懸，照規矩主人家只收幛子款，而把喜幛璧回，因為已經煩勞人家證婚，不能再收人家賀禮。婚禮告成，證婚人退席之後，立即車送回府，除非有特殊關係，證婚人很少有坐下來入席的。大陸飯館的堂倌都有這個訓練，一看證婚人退席，一定跟過來問清住址。照早年規矩，辦喜事必定有一桌酒送證婚人，接著問明酒席哪天送，是送到府上，還是到館子裡來吃，這是當事人對證婚人的一點謝意。現在辦喜事的，管你證婚人送什麼賀禮一律照收，婚禮舉行過後，把證婚人跟介紹人、男女儐相、新郎新娘、雙方家長往中間席上一讓，來個大雜燴，也不知哪位諸葛亮出的餿主意，還把新人夫婦讓在首座。古人說：「新人入洞房，媒人扔過牆。」現在還沒入洞房，就把證婚人、介紹人一古腦備位下座了。照理說婚禮告成，新婦已成進門媳婦，大馬金刀坐在上席，讓父母、公婆屈居下位，已經有欠妥當，再讓證婚人、介紹人一併陪起陪坐，細想起來實在有點差勁。於是有些有心人籲請內政部趕快訂定婚喪喜慶禮儀規範，可是喊了多年始終未見頒訂，所望快馬加鞭早日實現，讓大家有所遵循就好了。

前兩天同文隨波先生在本報談殯儀館的靈堂外擺滿了花圈、花籃，靈堂裡掛滿了輓聯、輓幛，不但靡費，而且白糟蹋筆墨白布。我的看法是能送鮮花做的花圈、花籃，還能給靈堂帶來絲絲縷縷花香迷人的氣氛，送幅聯幛，不管跟亡人生前交情如何，總要謅上兩句以表哀思。不曉得哪位高明之士想出用塑膠花做花圈，送者一文錢不能少，受之者毫無所用，最後又回到殯儀館，黃菊花變成灰菊花，蕊殘瓣落，實在慘不忍睹。喪事辦完，這批塑膠製品撣撣刷刷又成了串百家門的禮品了。

近年辦白事又有人發明送花車，車是三輪四輪皆有，七拼八湊，光怪陸離，反正能跟著送行行列開動不拋錨就行。當然租車紮花，比花圈、花籃價格又昂貴靡費多了，像送幅輓聯，如果真是情文並茂，雖不能傳之千古，但至少還讓弔者看看一生一死交情如何，似乎比這種塑膠花圈、花車不華不實，還要稍勝一籌呢！不知大家以為如何。

藍印泥

前兩天《聯合報》登了一篇任伯年畫的鍾馗，一幅蓋的是紅印章，一幅蓋的是藍印章。我想在任伯年生前，還是講究款式時代，在字畫上蓋用藍色印章，也許筆者所見者少，簡直聞所未聞。從藍印章連帶想起了用藍印泥，我在臺灣交往的南紙店、文具行、圖章店也不在少數，真還沒看到哪家陳列有藍色印泥的。

早年在大陸丁憂守制，給人通函寫信，或是私人文件需要蓋上印章的一律採用藍印泥。有些講究體制的人，給人寫信用的信封，不用官封（**信封中間一條紅籤，現在已經少見，平劇舞臺尚偶或見到**）而改用紅框框，自己住址用藍色。

有一次我接到一位近親丁外艱（**遭遇父親去世**）守制給我的信，他把紅框框也印成藍色，我連信都沒拆，就給他原信退回。後來他問家母舅，責問我何以不收他的信。家母舅又來問我，我說框框裡是我的範圍，如果我給他的信，框框裡才是他的範圍，可以把紅框框塗黑。現在他秋水共長天一色的藍框框藍地址，我有重堂在闈，只好原封璧回了。

此外有些人以為自己知禮，守制期間，私函用藍印泥，當然這是理所當然，可是用在官文書上，似乎就有點欠考慮了。筆者在財政部服務時，有一位海關監督給部長上呈文，當時他在丁內艱（遭遇母親去世）連小官章也換了藍色。孔庸之部長雍穆精審，不願意令人難堪，只告訴官務署署長張福運說：「遜清官場，逢到丁憂必是開缺回籍服喪守制，等到服闋再行出仕，守制期間私人函件改用藍色印章，表示自己是不祥之人。有些人家辦喜慶事用紅帖子，怕人家忌諱，姓名旁邊要跨上『從吉』二字，至於行文上當然更不能把不吉的顏色印在官書上了。我絲毫沒有責備他的意思，請你轉告他，只是讓他明白這是個道理就是了。」他這種長者諄諄之言，實在令部下沒話可說。

筆者看過古今名人字畫，少說也在萬件以上，至於任伯年在自己畫上蓋上藍色印章，還是第一次聽說（還沒見過）。此間不乏畫壇碩彥，究竟古代畫家有哪幾位蓋過藍印章在字畫上，如果有，必定有所說詞，希望知道的名家有以教我就無任心感啦。

玩票、走票、龍票

早年的票友都隸屬一家票房，一方面愛好平劇的朋友們聚在一塊兒可以互相切磋，二來票房可以多請幾位教師，生、旦、淨、末、丑，各種把子，文武場面，想學哪一行、哪一樣都有人教，不但省事而且經濟。至於您打算精益求精，用點私工，那就另說另講啦！

有人說，舉凡票友唱戲，總得大把大把的揚鈔票，所以叫玩票。要知當年票友彩爨還沒發行鈔票，當然此票非現在的鈔票了。票友粉墨登臺，爨演平劇，名為走票，是其來有自的。最初票友登臺彩唱全憑自己興趣，如本家兒喜慶壽筵，不但自備車馬，茶水不擾，如果跟本家兒有點淵源，還得賠上一個份子。至於有人把票友形容成神仙（來時神氣活靈活現，唱旦的技壓梅、尚、程、荀，唱生的藝高余、言、譚、馬）、老虎（一開酒席，坐上桌後風捲殘雲，如同老虎）、狗（等到登臺之後荒腔走板不搭調，舉手投足都是笑語，卸裝就溜，有如喪家之狗），那都是刻薄嘴過甚其詞的說法。事實上，沒有那樣不堪的票友。

北方票友通常叫走票，南方叫票戲，很少有人說玩票的。當年侯寶林有相聲裡問對方是幹什麼的，對方回答是票友，對方反問他貴行業，他說是玩票的，其中隱然含有佔便宜的成分。所以老一輩的人都說是走票，很少有人說玩票的，就是怕人誤會佔別人便宜。

談到龍票，齊如山先生說是內務府核准成立票房發給的執照，蓋有正式大印，紙上印有龍紋，因此大家叫它龍票。龍票是發給團體而非發給個人的。清代自康熙以迄乾隆承平日久，八旗子弟士飽馬肥，如果整天遊遊蕩蕩，難免志氣消沉，趨向於不良嗜好。於是有些巨室豪族極力提倡組織票房，讓子弟們有點正當娛樂。想有一條好嗓筒，必須天天早起吊嗓子，禁忌煙酒，少近女色，不吃辛辣生冷，上臺之後才能有個樣兒。所以八旗世家都不反對自己子弟進票房，就是這個道理。

凡是經官奉准領有龍票的票房，出外走票清音桌上，左右邊可以陳列一對朱黻鵠首的錦幡，裝響器的圓籠也要加上藻繪複雜票房的堂號。當年麻花胡同繼家、松柏庵金家，都是歷史悠久名票輩出的票房。月牙胡同銓燕平的票房，資金、組織、人頭整齊，排戲認真都在繼、金兩處之上，可就是拿不到龍票。因為銓大爺尊人奎樂器（俊）正是內務府大臣，如果先給自己兒子票房批准龍票，恐怕別人說閒話。後來成立的正乙祠票房、春陽友會、春雪聯吟幾處大票房，受了月牙胡同票房的影響都沒能領到龍票。至於茶樓酒肆收茶錢的清音桌兒，營業登記上屬於清唱，不算票房，當然跟龍票更扯不上邊兒啦。

故友孫道南，對於平劇的文件收藏極富，他從大陸來臺帶有一張道光年間內務府批給暢音軒票房的龍票。可惜孫兄英年早逝，那張龍票恐怕也去向不明了。

酒話之中蘊含人生大道

北平已故名票張伯駒，不但在金融界蜚著聲華，就是對金石、字畫、古玩賞鑑力也是極高的。他處世為人幹練敏實而又能面面俱到，所以他的人緣在故都各界可算首屈一指的。他常說：「在社會上討生活有四個主要條件：一筆好字，兩口二黃，三斤黃酒，四圈麻將，四者兼備，攸往咸宜。不能四者兼備，最低限度也要佔個兩項，才能混口飯吃。」雖然是兩句普通的話，但是細一咀嚼，確也不無道理。

先祖妣常常跟我們晚輩說：「喝酒交情越喝越厚，要錢交情越要越薄。」所以舍下對於年輕人，除了舊曆年半個月可以玩玩牌、擲擲骰子外，平日禁賭是非常嚴格的。對於喝酒，只要不喝「例酒」、「不酗酒」，交往酬酢淺酌幾杯，是不加禁止的。筆者力絀腕臞，天生沒有筆姿，賭錢既非素習且非所愛，所幸嗓筒還五音俱全，高低隨心。四項原則，勉得其半，照伯駒所訂標準，算是對付過關。

家中長輩雖然不禁止我喝應酬酒，可也不准喝到神智模糊的程度。所以每次有酬酢回到家裡，必定先要到祖母房裡報告今天酒席如何，同席何人，喝了多少酒，然後到母親臥室又重新稟報一遍。有時多喝幾杯，練成了回到自己臥房才玉山頹倒的本事。因為從未在人前出醜，所以朋友都說我有不醉之量，其實醉不醉只有天曉得了。

先師錢夢苓，是清末同文館八大酒仙之一，平素常跟我們說：「酒有別腸，酒量不佳，稟賦使然，不算醜事，酒品不佳，那才丟人呢！向人敬酒，必須先把自己杯中酒斟滿，一乾而盡，酒的深淺，不戴『帽子』（斟酒不滿），不穿『高跟鞋』（不剩酒底）。至於對方乾不乾杯，不要太計較，或許人家真的量淺，也許人家不願意跟你乾杯。如果過分勉強人家乾杯，豈不自討沒趣。」這種風度宏邈的酒德，使我畢生服膺不忘。

划拳最能看出人的品德來，機智、坦率也都可以從出拳上看出來。有一種爭強好勝的人，跟人划拳只能勝不能敗，如果敗了就累戰不休。

我有一位好友，平日夠得上溫良恭儉讓，可是划起拳來就一改常態，好勝之心油然而生。朋友知道他的毛病，跟他划拳總是一勝兩負，立刻過關。有一次大家在埔里酒廠請一位日本清酒專家品嘗我們的陳年花雕。從藏窖拿出來的原封罎裝酒，既沒晃動過，又沒經過日光照射，自然要比市售一般瓶裝酒醇和湛厚得多。兩雄相遇，互不服輸，旨酒當前，兩人拳戰足足賡續了三小時以上。直到兩人伸出的手指都不聽使喚，才被朋友勸走。這一餐酒雖不算喝得頂多，可是划拳時間堪稱最長的一次了。

去年假酒最猖獗的時候，社會上有心人士宣導不乾杯運動。讓大家不酗酒，當然是一項有意義的活動，不過喝酒成癮的人，讓他飲不乾杯，那簡直是勢所難能。所以我主張喝酒不必管他乾不乾杯，基本原則是適可而止、不及於亂。

早先大陸在應酬場合，有個不成文的規定，整桌酒席先上四個熱炒，至於什錦大拼盤是後來才興的。到現在講究飲食衛生的人請客，還是不用冷盤而用熱炒。不管是中、晚請客，客人到齊，大家差不多肚子都是空空如也，四個熱炒一上，賓主都可以墊墊底兒，等上頭菜，主人才舉杯開始敬酒。不像現在桌上有碟花生米，客人如同三月不知酒味，迫不及待就搿戰不休啦。

早年家裡受過訓練的僕役，或是飯莊飯館的堂倌，一看賓主已然盡歡，再要鬧下去，必定有人扶得醉人歸，大殺風景場面出現，於是趕快上甜菜或甜湯。客人一看，知道主人雖非下逐客令，可是無形表示盡此杯中酒了。現在可好，客人上桌，一看有一盤油呑果肉，或是蒜泥浸帶絲，座中再有一兩位劉伶之癖的朋友，管他什麼醍醽醽酺，旁若無人般七巧八馬，喧笑鬧鬨起來，主人攔既不能，勸又不聽，這種尷尬場面，筆者遇見過多次，幸未殃及池魚，總算萬幸。不過有一次在健樂園參加餐會，座中有位曾任作戰司令的朋友，一入座不論識與不識的朋友就愣跟人猜拳賭酒。此公指法本欠高明，量又不算太雅，菜未三巡已經出語無狀，舌短頸粗。有些人打算暗暗離席，免得跟他糾纏不清，誰知他當門一坐，只許進不許出。大家正在彷徨無計，幸虧國術名家鄭曼青亦同筵席，跟那位司令大人半真半假表演推手，逼得他頻頻後退，讓出門堂，客人才陸續走出。嗣後遇到朋友請客，有那位司令在座，大家都敬謝不敏。這是我畢生所見酒品最壞的朋友了。

現在應酬場合，喜歡拿洋酒招待客人，以示闊綽。喝威士忌應當是摻點蘇打水喝，最低限度也要加幾方冰塊，可是臺北偏偏買不到蘇打水，有些大飯店竟然也不備冰塊，又沒蘇打水可摻，若對喝烈性酒沒有幾年道行的人，可就慘啦！有一位英裔羅得西亞朋友格蘭跟我說：「我遇到這種場合，總是喝得酩酊大醉，非常頭痛。後來我想出了一個絕妙的方法，就是向主人表示最愛喝臺灣的花雕酒，這樣就可以免掉純威士忌乾杯的恐懼了。」

前天在一家超級市場，看見貨架子上已經有小瓶蘇打水出售，真是飲者之福。希望以後喜歡用威士忌請客的朋友，附帶準備些蘇打水，免得讓參加宴會而又不善於純威士忌乾杯的朋友們發愁。

從治亂世用重典談到前代的酷刑

自從四月十四日土銀古亭分行發生蒙面獨行大盜槍傷副理、搶走巨款事件之後，過了不久，又發現有嚴密組織販賣幼嬰集團，已有幾十個幼兒脫手出口。這種無法無天、泯滅人性的行徑，使得人人切齒，大家都主張治亂世用重典，一經緝獲，立刻處以極刑，才能稍戢殘酷暴戾之氣。說到極刑，讓我想起許許多多前朝的故事。

中國在專制時代，對於巨奸大惡所用酷刑，種類繁多，如烹刑、宮刑、車刑、斷手刖足、抉舌、割耳、刮鼻、剜目、黥首、五馬分屍等等，最殘酷的刑法，要算剝皮跟凌遲了。剝皮之刑，有人說始於商紂，但是現在已經無典籍可考。最早見之於記載的有三國末代吳王孫皓，他是孫權幼孫，從小殘酷嗜殺，繼兄孫休為吳主後，最喜歡剝人皮。他的佞臣孟綽，媚上欺心，被他識破，一怒之下教人把孟綽的整張面皮剝下來。後來孫皓降晉，在他後宮搜出十多張完好整張面皮來。晉朝的太尉賈充問他，為什麼要剝人面皮？孫皓說：「有些人脅肩諂笑，一副嘴臉，厚而且韌，所以把它剝了下來以示儆懲。」

明太祖朱洪武自從消滅群雄定鼎金陵之後，為樹聲威，也是慣用嚴刑峻法的。為了整肅貪污，大小官員，凡是受賄在六千兩以上的，不但梟首示眾，而且要把犯人全身的皮剝下來，再用稻草把人皮塞滿，掛在廨署公堂兩側，以儆貪墨。傳說南京八府塘有一凶宅就是當年剝皮刑場，地名叫皮場廟，到了成祖遷都北平，才改名八府塘的。

朱元璋狠毒嗜殺，影響所及，自成祖以下，都喜歡用些別出心裁的方法來殺人。甚至明代的巨憝權宦、土豪劣紳也都各有私刑，簡直暗無天日。翻開歷史來看，明代處置人犯，花樣最多，也是最殘酷的。

摩登詩人林庚白，對於星象子平研究頗深。他曾經看過一本明代星象家筆記，其中有一則談到魏忠賢凶殘剝皮手法：「明熹宗時，這位星象家雲遊到了北平，住在曹老公廟一個鍋夥裡。鍋夥裡當然品流龐雜，三教九流無所不有。在他隔壁有五個賣吃食的小販，圍著炕桌轟飲，大家都有了幾分酒意。其中一人歷數魏忠賢罪狀，涉及隱私，並謂蒼天有眼，奸人不久必敗。四個朋友，嚇得發抖，勸他千萬不要多言遭禍。他認為在屋內私語，奸閹雖霸道，難道耳朵真有那麼長，來剝我的皮嗎？誰知睡到深夜，居然真有錦衣衛人員，推門而入，把口不擇言的傢伙，四肢用大釘釘在門板上，連那四個人一齊鎖拏到東廠胡同錦衣衛過堂。堂上坐著一位緋氅翠帶的公公，敢情就是殺人不眨眼的魏忠賢，他說：『有人說我剝不了他的皮，現在看看究竟剝得了剝不了。』說完有人提進兩桶瀝青油，兩把油刷子，一根木頭棒槌來，先把口沒遮攔的傢伙衣服剝去，全身塗滿瀝青油，邊塗邊用木槌敲打，不久整張人皮脫體。四人跪在一旁看得屁滾尿流，嚇得發呆。幸虧魏閹大發善心，四人才保住性命。」從以上記載來看，魏忠賢東廠的組織之嚴密，真是到了隔牆有耳、無孔不入的地步，而其用刑之酷更是令人不寒而慄。

明末流寇張獻忠，也是出了名的嗜殺成性的魔頭。他除了喜歡把婦女的纖足剁下來，堆成金蓮山，以為笑樂外，對於剝人皮的經驗，更是豐富老到。據說他發明了行刑時從後腦勺一刀劃下來到尾椎骨，左右一撕，一整張人皮就剝了下來。他還告訴左右，羸瘠之人有骨頭沒肉，筋細脂枯，剝皮最易；癡肥壯婦皮粗肉厚，脂肪豐盈，兩乳最難撕擄，這種人如能剝出整體人皮而不破裂，即可列為剝皮高手。這種論調聽了豈能不讓人心驚膽戰。

民國二十年左右，鄂北出了一個混世魔王叫樊二侉子，在襄樊一帶燒殺擄掠，罪惡滔天，被他逼姦的婦女多到不計其數。終於由武漢綏靖公署密派幹員到老河口樊二侉子的姘婦家裡，設法計誘緝捕到漢口來歸案。審訊結果，毫無疑問的是將其判處死刑。襄樊一帶受害的民眾認為此傖一槍斃命，實在不足解恨平憤，於是扶老攜幼，一人拿著一炷香到漢口攀轅請願，希望凌遲處死，替受害者雪恥報仇。可是民國肇興，從前那些殘酷不人道的處死刑罰早經廢止，儘管樊二侉子行為令人切齒，可也不能重施酷刑。幾經軍法處研商之下，在綁赴刑場之前，先給他服下痲痹性的毒藥，到了刑場已經呼吸停止魂歸天國，於是用凌遲中最快速手法「快八刀」割左右上額，割兩乳，斷兩臂，剜心，斷首，一共是八刀，襄樊民眾才焚香鳴炮。這次面面俱到的做法，是我友戴少崙主持其事，他有好幾個月，心裡總是忐忑不安，一說起這件事，他還手心直冒汗哩！

筆者有一年到北平午門樓（所謂金鳳銜詔的五鳳樓）歷史博物館參觀，當時該館負責人王同義是筆者中學同窗。陳列室有一隻玻璃櫃，放的都是凌遲處死所用刖、刮、剉、剜各式刀鑿，一律都是紅漆木把，把手上都雕著面目猙獰，可怖猙犴的鬼頭。據同義兄說：「館內文獻記載，明代凌遲有所謂寸磔，應當是三百六十刀。而權閹劉瑾凌遲處死，受害人家屬送大把金銀給劊子手，請多剮劉瑾幾刀出出怨氣，結果他一共受了四千七百刀。一個人被斫幾千刀，豈不成了肉醬？如果在現在，那是法所不許的。到了清朝，康熙初年就在《大清律例》中明定凌遲刀數，分為二十四刀、三十六刀、七十二刀、一百二十四刀四種！只准減刀，不准接受被害人家屬請託隨便增刀。其實到後來，凌遲犯人都是快八刀斃命，不是特旨，很少使用一百二十四刀這類處死了。」

現在人慾橫流，愍不畏法，窮凶惡極的暴徒越來越多，以殺止殺，雖然能夠收效於一時，我想大家必須在家庭教育、學校教育、社會教育三方面齊頭並進，釜底抽薪，才能弭戢淫邪，光著宏效。報載自一九七六年美國最高法院恢復死刑以來，全美被判死刑等待處決的男女犯人就高達一千零九人，這就證明以殺止殺絕對不是好辦法，不從教育方面潛移默化，社會是永遠不會熙熙融融各安所業的。

鬼氣森森的打花會

先祖宦遊嶺南，卸任返平，帶幾名粵籍僕從回來。他們沒事聊天，時常提到廣東打花會盛況，什麼夜宿荒郊、廟堂祈夢、偷墳掘骨冀求徵兆，說得繪影繪聲，令人神往。我在幼年聽了若干這類光怪陸離的故事，所以打花會這個名詞，對我來說並不陌生。

民國十四年，我隨侍家母歸寧外家，路過上海，住在姐丈李栩厂府上。他是李仲軒太年伯文孫，木公斐君姻丈，兩房同居男女傭人多達一百餘人。他家中有位管內帳房的，大家都叫他熊帳房。每天吃過中飯、晚飯，他的帳房間人煙雜沓、熙熙攘攘，總要熱鬧一個多小時。我覺得栩厂的祖父雖然當過北洋國務總理，叔父斐君當過雲南省長，可是早都交卸隱息，何以每天帳房還有這許多雜事待料理？栩厂說：「他家熊帳房的祖上，道光初年在廣州水師提督衙門當總巡，花會成立之初，是他令祖多方奔走，才奉提督批准成立的，所以後來凡是有花會的地方，好像世襲罔替一樣，總留一個聽筒給他們熊家。新重慶路各房大小公館，上上下下就有一百五六十號人，加上咸益里四條弄堂的威海衛路市房、商店、住戶（都是李府產業）約有千八百人，就是跟花會沒有特殊關係，熊帳房也有資格當一名特級聽筒的。至於每天午晚絡繹不絕的人來人往，那都是航船跑腿的碎雜人等。你如果打算知道花會裡情形，熊帳房會詳細告訴你的。」

不知熊帳房叫什麼名字，大家都叫他熊帳房，我也沒請教過他的雅篆台甫，就跟著大家叫他熊帳房。他雖然是李府的合肥同鄉，大約是世居羊城的關係，說話尾音仍帶有廣東味。他雖然㻚中彪外，可是談吐倒也不改儒素，彬彬儒雅。我向他請教花會裡的一切內情，他倒毫無避諱的跟我述說。

他說，道光初年國事承平已久，廣東水師各艦艇，每天除了出一兩次操、整理內務、清潔艦艇之外，日常無事。水兵總是三五成群，相率登岸遊蕩，不是酗酒鬧娼，就是鬥毆滋事，弄得雞飛狗跳、民怨沸騰。有一次跟旗下綠營發生衝突打起群架，幾乎釀成巨變。當時熊的先世任職提督衙門總巡，提督蔣軍門向他問計，熊總巡幾經籌思，水師兵丁多半好賭，只有用賭可以羈縻住他們的身體，不讓他們離船惹事。可是船上又不能公然開局設賭，於是想出在陸地開場設局，賭者在船上坐等，賭注開彩，都由「航船」、「聽筒」接轉。最初在水師中發軔，繼而在廣東全省大行其道。果然水兵們不再鬧事，而水師衙門也平添了一筆額外入息。到了咸豐年間，這種賭博擴張到上海，首先在江灣南市人煙稀少的地方設局開彩。因為猜買得中，一贏三十，本輕利薄，遊手好閒的流氓無賴視為寶藏，人爭趨之。所以打花會在上海不久變成最流行的賭博，比廣東還來得生猛熱鬧。

花會一共有三十六座花神，所以又叫三十六門（據說最初只有三十四門，有兩門是增加的，至於哪兩門是後加的，熊帳房也弄不清楚）。有人說花神以十二生肖為主體，再輔以鱗介僧尼以及其他動物組成。可是生肖中獨獨缺少「兔」，而猴、狗、羊、蛇又有雙份，實在令人無從探索最初制訂的人用意何在。現存《花會萃編》是光緒六年刊印的，僅列花神姓名，所以有些來龍去脈，現在已經沒有人知道當初的根源所在了。

花會總機關名為總筒，又叫大筒，下設若干聽筒又叫分筒，還有招攬賭客的航船。男航船專走商店鋪戶，引誘店員學徒去賭；女航船以豪門巨富為對象，專門勸說良家婦女、僕從丫鬟消閒解悶。他們不但連鎖嚴密，而且都有地痞流氓做他們的靠山。花會每天開筒兩次，日筒下午四點開筒，夜筒夜晚十點開筒，猜中者一元賠三十元，不過要扣去聽筒、航船各一元彩金，實得二十八元。利之所在，弄得男男女女整天失魂落魄，不但墮德敗行，甚至傾家蕩產、懸樑覓井，送掉性命的也大有人在。

花會雖然號稱三十六門，實際只開三十二門，林蔭街（鴨）花會被尊之為總花神，每天用花香燈果虔誠供奉，是照例不開的。前一天日夜所開花神，叫做左右門將，開筒之前懸掛總堂提醒大家不開，日筒照例不開陳日山（雞），夜筒不開王坤山（虎），這些都是從有花會開始就定下來的會規，究竟是什麼緣故就不得而知了。

熊帳房雖然擔任聽筒，但他對打花會不但深惡痛絕，他的子女絕對禁止打花會，甚至跟花會有關聯的事務都不許沾邊。他認為他這聽筒是祖上留下來的權利，及身而止，他立誓不再傳下去了。上海總筒設在愛多亞路，我曾經請他帶我去巡禮過一次。總堂內布置，好像一座佛堂，神龕供桌之前加設一道朱紅欄杆，欄內有一書桌。負責寫花名的人神情肅穆，不苟言笑面對神龕而坐，左右抱柱懸掛上次門將花名。正樑懸掛一幅布軸，將花神秘密寫好加封，捲入軸內，懸掛樑頭。等各處航船、聽筒押注報齊，然後鞭炮齊鳴，將懸軸放下，當眾開拆以昭大信。至於其中有無機關手法，避重就輕抽換花神種種弊端，誰也不敢言其有，誰也不敢說其無也。

一般打花會的朋友，最普通的是求神祈夢。在廣州沙田、東堤、荔枝灣都有人露宿廢墟荒塚，希望能獲得夢兆。上海玉佛寺、小東門的未央生廟、虹橋的法華庵、大東門的猛將堂都是賭徒認為求夢最靈的善地。猶為可笑的是，跑馬廳馬霍路口豎立的兩具冠冕朝服，手握牙笏的石翁仲，每天到了下半夜，賭徒居然香燭紙箔前往虔誠膜拜，蜷臥翁仲足下，等候示夢。本來宵禁是斷絕行人，如有違犯要拘入警車，送到巡捕房，坐以待旦，再行釋放毫不放鬆的，偏偏那些賭鬼觸犯宵禁，巡邏巡捕反而視若無睹不去干涉。不知道是另有勢力龐大的流氓頭打過招呼，還是巡捕們也打花會，深怕惹惱神靈，與己不利。多少年來，我始終想不透是什麼道理。

打花會是帶有邪氣的賭博。到廟裡祈夢，算是本分的賭徒了。有的黃夜跑到郊外，挖掘多年古墓，將屍骨取回，請乩童念咒、畫符、香燭供奉，祈求微兆。有些妖冶駘蕩婦女，宵行露宿，不惜合體雙雙，以博「雙合同」冀能中彩。我在上海期間，一次有人約在三馬路桃花江粵菜館晚飯，碰巧跟當時滬上名閨秀唐瑛一同進門。在酒樓樓梯轉角地方，放著一隻鐵絲籠，裝有兩雙果子狸，我說了一聲「好肥的果子狸」，她愣了一下，囑我稍待，她去打電話，然後一同登樓赴宴。過了兩天，她忽然約我去四川路鄧脫摩飯店午飯，並且開了一瓶香檳。我說隨便小酌，何必如此豪華，她說前天在桃花江看見果子狸，觸機而發，認為貓狸同型，立刻在樓下打電話押了五塊錢「馬上蚤」（貓），居然中彩，開瓶香檳來慶祝，不是應當的嗎？這種事情，我始終認為是偶然間巧合而已。有一天從小服侍我飲食起居的王媽，在我吃早點時，忽然問我昨晚睡得如何？曾否做夢？我正奇怪昨夜確實翻來覆去，睡得不甜熟，可是並沒有做夢，她的發問其中定有文章。結果她告訴我，打花會的人如果找一個生人，用紅紙寫上「張九官」，塞在他的枕頭套裡，若有夢兆，第二天打花會必定中彩。可惜我雖非生人，極少做夢，昨夜輾轉反側、不能成眠的情形，倒也少有，真正有點令人懸疑莫解。

熊帳房還說過，打花會的人如果屢押不中，就組合同道醵資舉行「撞旗」求兆了。參加人數要單不要雙，如有婦女，必須夫婦同檔才准參加。先做紙旗或布旗三十六面，大小、輕重甚至旗杆長短也要劃一，把花會名稱寫在旗上，這些工作都要選擇午夜在油燈下辦理。旗子做好，攜帶三牲，午夜結伴到郊外古墓焚香設供，然後把花名旗子按八卦方位插在墳墓周圍。大家焚香禱告之後，再圍坐墳前，靜觀風向，哪一支花名旗先倒，第二天就下重注打哪一門。這種迷信可以說既無知又可笑，可是有一次在嵊縣幫撞旗重注之下，愛多亞路總筒幾乎被那一支重注壓垮。後來經青、紅兩幫坐頭把交椅的老大，跟虞洽卿、袁履登、王曉籟幾位好老出面，按一賠十二才把事情擺平。如果說這種賭法，彩筒變化別有機樞，可以避重就輕，專放空門，那麼嵊縣幫那次重注是彩筒做手一時疏忽呢？還是故意露一手以取信於賭徒呢？就非我們局外所得而知了。

自從國民政府遷往南京，上海英法租界內洋人氣焰日漸衰退，害人的花會也不敢像早年的無孔不入、到處招搖了。敵偽時期據說又曾經死灰復燃過一陣子，甚至平津各地也有打花會的組織流行，迴光日暮，不過曇花一現，也就消滅無形。否則這種比洪水猛獸更霸道的賭博，不知要葬送幾許男男女女呢！

花會名號生肖

林蔭街（鴨）　翁有利（象）　黃志高（曲鱔）　徐元貴（蝦）
程必得（鼠）　陳日山（雞）　李漢雲（牛）　趙天瑞（花狗）

王坤山（虎）　田福雙（田狗）　林太平（龍）　羅只得（黑犬）
吳占奎（白蛇）　陳逢春（鶴）　朱光明（馬）　雙合同（燕）
陳吉品（黑羊）　龔江祠（蜈蚣）　張元吉（白羊）　李明珠（蜘蛛）
張三槐（山猴）　林銀玉（蟹）　張九官（老猴）　劉井利（鱉）
古茂林（小和尚）　吳占魁（白魚）　張合海（青蛇）　宋正順（豬）
周青雲（駱駝）　馬上蚤（貓）　陳榮生（鵝）　蘇青元（黑魚）
陳攀桂（田螺）　鄭天龍（老僧）　陳安士（尼姑）　李月寶（龜）

中國民間藝術——捏泥人

筆者從小對於泥娃娃就有偏愛，不擇精粗，只要是泥捏的娃娃，我就設法買來皮藏。我有一座五層大立櫃，沒有幾年，櫃裡泥娃娃就「人」滿為患啦。等年歲稍長，把泥娃娃擷精取華，發現北方人捏得最好的是「兔兒爺」，南方人捏得最好的是「無錫大阿福」，什襲而藏。別人也許看是一堆爛泥巴，自己沒事拿出來把玩一番，認為每件都是珍玩俊品，生怕磕了、碰了。

先姑丈王嵩儒先生，早年在武漢時跟孫馨遠（傳芳）同隸王子春（占元）戎幕。某年王嵩老花甲榮慶，他不願鋪張，孫馨遠約了幾位當年湖北督軍公署舊僚，備了一席酒菜，送到寶禪寺街嵩老寓所稱觴為壽。同孫一塊兒來的，有位黝顏鮐背髮已斑白的老者，給大家一介紹，才知道這位其貌不揚的老頭兒，就是大名鼎鼎、譽滿京華的泥人張，是孫馨帥特地請來，給老壽星捏喜容的。等到大家酒足飯飽，泥人張請王嵩老坐在他對面的沙發上，大家言笑宴宴，他把雙手褪進袖筒裡，不住的揉捏，也不過半小時光景，居然捏出一個緇衣芒鞋的老僧來，面貌神情與王嵩老簡直一般無二。後來那泥像經過著色髹油，跟刻壺名家在鼻煙壺裡給嵩老刻的無量壽佛造像，一併陳列在多寶格裡，列為雙松廬珍品。

泥人張說，捏泥人主要原料膠泥，質地一定要細膩柔韌。北平門頭溝的膠泥，也只是取其沙細黏重勉強可用，做兔兒爺則可，若是拿來捏人像，就不能十分得心應手啦。他在滿師的時候，師父給了他一塊十多斤重的膠泥。據他去給當年名丑劉趕三捏《探親相罵》鄉下親家太太騎驢進城的姿態時，因為趕三年紀老邁，滿臉皺紋，稜角分明，當時那塊膠泥怎麼捏，怎麼得心應手，自己認為那是畢生最得意傑作。後來師父告訴他，那是無錫惠泉山下楊家燋泥，所以捏出來的燋泥人左宜右有，非常稱心如意。從此他一直記住，惠泉山下的燋泥是捏泥人最珍貴的原材料。有人知道他把惠泉山的燋泥視同寶貝，凡是有無錫泥娃娃的泥胎碎片，都給他收藏，經他加水搗爛，又是上等泥了。

根據古籍上記載，北宋時期，在開封鐵塔附近有一座廢窯，泥工取土，發現窯土都是煉過的燋泥，拿來捏泥土玩偶、用具，柔細流光。宋徽宗又是一位百藝皆精的皇帝，於是北宋手藝人捏的泥孩兒以及文房用具流傳下來，成為文玩珍品，差堪媲美宋瓷。宋室南遷，這種手工技藝也隨之而南，在長江流域發揚光大起來。

無錫惠山的泥娃娃（**俗稱大阿福**）不但馳名大江南北，自從參加南洋勸業博覽會之後，頗受歐美藝術家的垂青。後來無錫泥玩偶，行銷遠及歐美各國，現在法國、義大利有幾家博物館，還有各式無錫泥娃娃陳列著呢！惠山燋泥中以楊家一塊嶰谷的泥最為細韌。楊府跟舍間是世交，少主楊贊韶跟筆者又是詩友，而且沾點姻親。因為泥偶同好，無錫一地捏泥人的大約有三十多家，這些手藝人都要到楊家嶰谷的畦塍上取土。同時大家都曉得楊贊韶是位泥人特別愛好者，所以有了創新得意傑作，都要選一份送給他鑑賞品評指點；因為經年累月到楊家山溝裡取土，人家從不索酬，其中也含有謝意在內。楊贊韶在他書房對面闢了雅舍三間，並請大詞人朱古微替他題名「古香齋」。敞廳裡沿著牆壁都打成大小不同多寶格，裝上玻璃推門，把他視為精品的大小泥娃娃，分門別類的陳列起來，隨時拿出來賞玩。每年花朝，還要邀請親友同好到家裡來評鑑一番，說是給捏泥人的鼻祖「百本張」做冥壽。

楊贊韶說，惠山泥人，在明武宗時代，就成了當地的貢品。徐珂《清稗類鈔》

把「百本張」奉為捏泥人兒的鼻祖。其實遠在「百本張」若干年以前，就有人從事這行手藝了，不過一開始是用麵粉揉和來捏，但是麵粉捏的人物，擱久了會乾裂皺縮而且發霉，無法久藏，於是心靈手巧的工人，研究出用燋泥來捏。最初惠山鄉民在農閒時候，掏取稻田裡的泥土來捏，由於泥質細膩，沙性小、黏度高，你捏的胖娃娃大阿福憨態可愛，我捏的比你捏的更精彩逗人，彼此爭強鬥勝。後來出了不少身懷絕技的專家如「泥人張」、「泥人王」，以及專捏嬰孩綽號「大肚子」的袁遇昌更是技巧橫出，蔚為無錫最出色的手工藝。他們的製品，各有暗記，同行一看便知，袁遇昌更發現楊家燋土比別處的更為得心應手、渲染隨心，所以楊家燋泥成了捏泥娃娃的瑰寶。

遜清皇帝溥儀，在大婚之前，也有收集泥製玩偶嗜好。侍臣陳曾壽得到一隻瓜瓞綿綿百子西瓜，嬰戲雜陳，千姿百態，個個曼容皓齒、彤姱骨佳，據說就是出自「袁大肚子」之手，特地進呈御覽，一直陳列在養心殿紫檀棐架上。婉容封后進宮時，聽說皇帝喜歡泥玩偶，她陪嫁的妝奩裡也有一套榴開百子玩偶，雖然儷白妃青，藻繪多姿，可是神情儀態比起清宮原有那隻瓜瓞綿綿，就儼然有俗雅之分，兩者沒法相比了。

有一年我到無錫訪友，趕上農曆九月十九日觀音大士成道佛辰，惠泉山下紫竹禪林正舉行護國佑民息災法會，廟會上並有手工藝品展覽大會。當地廛市中，舊藏新製各式泥娃娃精巧盡出，除了傳統的大阿福、壽星公、關聖帝君、八仙慶壽、麻姑獻瑞……，品式花樣越來越新穎出奇。一般年輕後起之秀更是爭奇鬥勝，力求創新。雖然沒有早年藝人捏人像唯妙唯肖的手藝，可是所捏的戲劇人物，別創一格，身段邊式，神情瀟灑，衣紋飄舉，色彩古豔，可以說已具有民間藝術高深造詣，擺脫匠氣，意境敻絕了。

當時我在會場瀏覽良久，最後選了四匣平劇：（一）《蜈蚣嶺》行者武松打蓬頭，穿戒衣，執雲拂，從臉龐眼神來看，一望而知捏的是江南短打武生泰斗蓋叫天；（二）《吳漢殺妻》「斬經堂」一場，能把悲深、別鵠、沉痛、為難神情曲曲傳出，若說是麒老牌（周信芳）的造像也不為過；（三）《青石山》關平驌驦金甲，凝眸挺刀的架子，把個楊小樓刻畫如生，令人嘆為觀止；（四）《四郎探母》捏的是梅蘭芳、馬連良，梅、馬在無錫唱過多次「探母」，一個高髻宮裝、玉顏花媚，一個雉尾玄冠、錦衣寶帶，更是粲麗傳真。我選這四齣戲的時候，看得眼花撩亂，幾乎費半日時間才算選定。帶回上海之後，偏偏被上海有名的小抖亂葉仲芳看見，不容分說，拿了就走，彼此兩代交誼，也莫奈他何。

第二年再到無錫趕廟會，雖然到處留意，也沒發現上年所買的那樣的精品了。後來聽人說惠泉山有一個專捏平劇戲齣的叫楊小舫，他父親是跑水陸班子的管事，他從小耳濡目染，又在戲班裡充過武行下手，所以他捏出來的平劇泥人，自然特別傳神入戲。我上次所買的四齣平劇泥人，就可能出自楊小舫的手筆。傳說他的製品，在底座上都有葫蘆形楊三戳記，可惜葉仲芳拿去看膩了之後，也不知道他擲到什麼地方去啦！

今年春季，歷史博物館曾經展覽過一次泥娃娃，說是日軍侵華攫走，後來又歸還我國的。日本有很多藝術界人士專門研究泥玩偶，他們捏的布袋和尚就憨笑多姿，差堪跟我們的大阿福媲美。史博館展出的泥娃娃，雖然其中有若干無錫製造，但均非精品。當年日本侵華擄去的金玉珍帛，雖經交涉歸還，又有幾樣是金甌無缺、完璧奉趙的呢？

最近純木雕藝術家朱銘，把他的興趣又放在捏泥巴的陶藝上，並舉行陶塑展，灌輸藝術圈一些新物事、新觀念。我想放在牆角沒人理睬的大阿福，又要走幾天好運了。

從藏冰談到雕冰

炎炎夏日，鑠石流金，在沒有發明電風扇、冷氣機之前，天然冰可以說是人們暑季逭暑卻熱的寵物了。北平因為是累代皇都，冬又酷寒，到了三九，鑿冰窖藏，以供夏日之需，至於長江、珠江流域，到了盛暑逼人時節，只好利用井水，鎮些浮瓜沉李來稍殺暑炎了。

小時候冬季在北海或中南海溜冰，雖然冰平如鏡，可是有些冰上插著紅色小旗，那是告訴溜冰的，該處是鑿冰禁區。冰面上用冰鑽子畫出五尺見方的格子來，等冰凝結到相當厚度，就要鑿窟取冰，運到冰窖貯藏起來，等到來年夏天開窖取冰了。有些粗心大意的溜冰朋友，在冰上溜高興了，一個收不住腳，溜進冰洞而送了性命的，每年總有幾個。聽說這種冰窖都設在什剎海一帶，最大的冰窖可貯藏八萬多塊堅冰，所培黃土比地面高出三四尺。北平土厚，挖下去十丈八丈還不見水，所以可堆高五六層，儼然是一座冰山。我總想到冰窖看堆冰、卸冰的實況。冬天人家封窖什麼也看不見，等到春末夏初人家開窖取冰了，窖門左近零下二十度左右，窖中心幾近零下四十度，那些挑冰工人都是棉皮厚襖、牛皮靴子，我們單衣便鞋如何能抵抗那種凜冽的寒飆。所以家人一再告誡，禁止到冰窖附近去遛達，以免受凍。

有一年參加親戚家喪禮，喪居在羊房胡同，走不幾步，就是一家冰窖。遇上幾位年輕好事的朋友，大家一起鬨，就連袂而往啦！恰巧工人正在從冰山上往下卸冰，兩人一檯，動作敏捷，筋肉虯結，個個都像大力士。窖裡白霧騰騰，離窖門還有三尺，就覺得寒氣逼人，令人窒息，只好知難而回。

北平一般小康之家，每年春分之後、清明之前，差不多就把收藏一冬的冰桶拿出來清洗乾淨，等不了幾天，就有人上門來兜送冰生意。講究點的舊式冰桶都是紫檀木包錫裡中留小孔，以便冰水下瀉。冰桶蓋兩塊，正好蓋滿冰桶，一塊上鏤刻名勝古蹟各式花紋，兼具散涼透氣作用，冰桶架在堅實木頭架子上，下放小瓷盆以接滴漏。這種冰桶不但可以冰食物、冷飲，順著氣孔有絲絲涼意透出，飲冰、茹檗兩得其便，在未發明電冰箱之前，實在是暑天的恩物。

抗戰之前，包月送冰，大概每月一元，送來冰塊可化一整天。到了盛暑，冰的融化加速，加個三毛兩毛，新冰、舊冰又可以頭尾銜接了。

有一年黃河決堤，河南部分地區變成澤國，哀鴻遍野、四處逃荒。華洋義賑會抱著人溺己溺情懷，在北京飯店舉辦慈善舞會救濟災黎。時已深秋，屋頂花園，瓊樓拂雲，深處露冷丹裳，改在二樓舞池又怕衣香鬢影人多鬱熱，碰巧舊紅樓住著一位丹麥雕塑家凱海雅，他是專門到北平研究劉蘭塑的，他不單人像塑得好，而且學得一手好冰雕。冰雕發源於法國，在前一世紀宮廷華筵上首次出現，成為宴會上的擺飾，尤其在酷熱的夏天，一座好的冰雕除了可供觀賞之外，更可讓參加賓客有凍飆襲人、暑意全消的感覺。半世紀前，冰雕在中國還是很新穎的名詞，會者無多。

慈善舞會那天，舞池北邊原本懸有一巨幅油畫，經凱海雅規劃設計，做了整堵冰牆，下面鋪設一條鉛鐵槽，以便融冰流走，如茵的綠草覆蓋，讓人絲毫看不出來。他雕了一個四尺多高的幼童，用手堵塞牆上漏隙，敢情他雕的是荷蘭幼童堵救潰堤的故事，不但雕得情景如真，而此時此地既應景又切題，巧思妙手，與會仕女，個個向他敬酒祝賀。這是我第一次見到的冰雕。

抗戰勝利的第二年，臺灣省各生產事業單位，在現在的總統府開過一次大型展覽會。工礦公司有一位技正徐冉，在大陸時跟我在資源委員同事。他素來心靈手巧，思想新潮，來臺灣後在漁業公司工作，英雄無用武之地，書空咄咄，倍感無聊。經工礦公司企劃處推薦，他把花鳥蟲魚經過消毒化學處理，凝固在直徑三尺的冰柱裡，銀城玉海，冷豔晶瑩。漁獲來的奇形怪狀的魚類凍結在堅冰裡，固然讓參觀者大開眼界，他能把臺灣出產的各式各樣的蘭花也凝固在冰層裡面，等於開了一次蘭展，引得愛蘭仕女流連不去。公司又派專人，過不久噴灑一次香精，利用風扇吹送，香霧噀人，更具特色。我當時忽然想起當年在北平看過北京飯店的冰雕，臺灣地處亞熱帶，一年就有半年是熱天，而且若干晚會都是在庭院中舉行，大家累裀而坐，列鼎而食，如果有座冰雕點綴翠幃玉案之間，鏤冰凍饌，豈不妙哉。

我跟他一說，他手頭就有幾本從法國帶回來的冰雕用書，雕冰的用具，鏃、鑿、鋤、鑽都各有詳圖。書上說，要使冰堅耐融，要先放幾種化學藥物在水內溶解。漁業公司的冰庫正歸他管，所以過了不久他就研究成功。他說：「冰雕要先打好腹稿，開雕時要謀定而動，手要狠、穩且準。中國的篆刻名手，講究『一刀定江山』，如果肯在冰雕上下工夫，可能個個都是世界級的冰雕高手。」魏伯璁先生主持省政時在臺北賓館招待各國使節遊園會遊園會，徐冉一高興，雕了一座長有六尺、鱗鱗相接、奮翅飛空的翔龍。來賓中軍事顧問團團長蔡斯頗為識貨，在雕龍之前照了不少張照片。今年年初他來華訪問，還打聽徐冉的下落。有人告訴他徐冉去了沙烏地阿拉伯，他認為沙國宴會別有一番情調，但冰雕妙技在沙國恐難施展，還不勝惋惜呢！

前年在曼谷，波特雅避暑勝地，有一家叫 ROYAL BEACH HOTEL 新廈落成，晚間舉行遊園酒會。在每處食物臺後，都有一座極富創意的冰雕。在中央噴水池前，有一座節基王朝（也稱曼谷王朝）拉瑪一世帕佛陀約華朱拉洛登巨大冰雕，躍馬橫戈，神姿奔逸。據說泰國地處熱帶，凡是盛大宴會，在文軒迴廊、風櫺水檻、起坐處所都講究豎立一座冰雕，一面驅蚊卻暑，一面又顯宴會的堂皇偉麗。這位冰雕專家是專程到義大利五年才學成返國的，請他冰雕不點題，由他任意雕塑，只要四五千銖即可；如果點題，那就要萬銖以上啦！

就拿一世皇這座冰雕說吧。一般冰塊都是四十四英寸高，二十二英寸寬，這座冰雕高五十六英寸，厚三十八英寸，要到冰廠去訂製，這種價格就大不相同啦！會場在穿廊圓拱休息處所設有一座酒類冷飲臺，中間放一個直徑三尺的雕紋鏤銀盝盤，用冰塊雕了一隻巨大無比的長腳酒杯。杯沿四周趴著四隻小貓，杯底有一隻老鼠；最難得的是小貓一隻隻虎視眈眈，準備一躍而下，開齋大嚼；而杯底小鼠，戰慄失色，楚楚可憐，有如待罪羔羊；杯中貯滿薄荷酒。這種精彩絕倫的冰雕，就是不喝酒的人也要過來舀一杯酒，欣賞這座冰雕。聽說這位冰雕手，只有二十幾歲，叫阿弟侖，天分極高，雕冰手藝無師自通，聽說不久被菲律賓一位冰雕藝術家看中，認為他才堪深造，於是把他帶到碧瑤指點學習。將來學成回國，在泰國冰雕藝術上必定能大放異彩。

臺灣據說也有幾位從事冰雕的藝術家，一位是林欣郎，一位是鄭澤紹。林先生是無師自通，自己研究出來的。我在酒會上，看見過林君雕的奔騰駿馬、飛空野鶴、馳逐頑童、夔立白象等四具冰雕。據他說雕人物龍馬比較麻煩，大約要四十分鐘才能完成，如果雕天鵝、野鶩一些簡單動物，只要十五分鐘就夠了。

鄭君的手藝是在夏威夷跟一位師傅學來的。他說：「施工之前，要先跟製冰廠訂製適合雕琢的冰塊。冰愈堅硬，色愈透明愈好，冰裡所含空氣要盡量抽去，以免凝冰呈現白色，容易碎裂。冰的冷氣襲人，體積又大，一刀下錯，不能更改，所以腹案構圖極關重要。最好先用跟冰塊同體積的透明紙，先在紙上打格定位，勾出圖形，貼在冰塊上，然後很快用鑽刀刻出紋路，鋸鑿兼施，一件作品飛快完成。至於神姿意境，那就要看個人藝術造詣和修養如何了。冰雕完成最好送回冰庫冰凍，因為冰凍後整個冰雕如同磨砂玻璃呈現一片白色，玉潔冰清，又耐融解。有時候忽然有個神來之筆，連自己都莫名其妙，這靈感不知是怎樣來的。」

三月下旬來來飯店慶祝周年紀念，舉行中西餐飲大餐，當時我有事去了高雄，未能躬逢其盛。聽說會場陳列了幾座精緻冰雕，瑤林瓊樹、珠香玉笑頗有可觀，可惜失之交臂。現在冰雕已成了增加宴會氣氛情調不可缺少的點綴品，我想將來必定迭有佳作、供人欣賞呢！

香煙瑣話

筆者從小對於菸酒就有興趣，只要聞到蘭薰越麝的荷蘭雪茄煙，香味雜錯的英式板煙，郁郁菲菲，總有說不出的感覺。可是家規甚嚴，不到二十歲是不准抽煙喝酒的，於是把興趣放在收集香煙的零碎上來了。首先發現家裡男女傭人以及門房、打更的、廚師都抽一種雞牌香煙。薄薄淡青的銅版紙，正中印著一隻紅冠鐵距的大公雞，套內放著五枝香煙，另外附有五枚加蠟紙煙嘴。大約是蠟嘴有損煙的香味，大家都棄而不用。所以我就把這些蠟紙煙嘴接連套起來留存，可以套成一、兩丈高而不翻倒。

不久出了一種大喜牌香煙，每包由五枝增為十枝，附贈的蠟嘴改為竹嘴。把竹嘴圍在中間成圓柱形，雖然不能再套起來玩，可是這種竹子嘴拿來吹肥皂泡兒非常之好，比用竹筆帽來吹，泡兒吹得圓而且大，還可以甩出去，歷久不破。我一存也是幾大盒，有些小朋友跟我來要，就慨然相贈，大家一同玩起吹泡泡來，以為笑樂。

後來街頭巷尾到處貼的都是香煙海報，海報上一隻翠鳥旁邊，寫著一個斗大的「烤」字，大家都猜不透其中有什麼貓兒溺。謎底揭曉，原來是做香煙所選用的菸葉是經過烤製的，也就是現在所謂經過複薰的。說穿了，未經過複薰的菸葉，是不能捲製香煙的。因為「烤」字海報宣傳成功，於是市面又發現大紅雞蛋海報。過了不久，蛋破兒出，大家才知道是大嬰孩香煙創牌子。

到了民國十年以後，由於製造香煙利潤豐厚，除了英美、南洋、華成三大捲煙公司之外，一些小型菸廠也如雨後春筍般紛紛成立起來。到了民國十五年，財政部成立捲煙特稅處，由陳叔度擔任處長，制訂捲煙特稅條例，限制在上海、漢口、寧波、天津、青島五處設廠。種植菸葉要申請許可，舶來菸葉、捲煙用紙也都加以嚴密管制。捲煙由特稅改為統稅，捲煙管理才算是上了正式軌道。

為了營業上競爭，先是每五百枝裝一大盒，奉送十四寸風景畫片一張；可是一般吸煙者，都是買一包二十枝裝抽完再買，所以效果不彰。於是把畫片縮小，裝在二十枝裝紙盒內，最初不過是山川文物、花鳥蟲魚一類圖片。後來各捲煙公司廣告宣傳競爭日趨白熱化，先有成套民間歇後語、俏皮話畫片，繼而三國、水滸傳、封神演義、西遊記愈畫愈精。不但小朋友互誇搜集之精，就連成年人也有收集成癖的。

據傳說每套畫片，都有一兩張特別稀少，甚至從闕。例如三國裡的諸葛亮，水滸裡的宋公明，封神裡的姜子牙，西遊裡的唐玄奘，一百套裡難得放入一兩張。當時一些搜集成套畫片的朋友跟我說，湊齊全套實在困難。不過後來我跟英美、南洋、華成幾家大捲煙公司負責人王者香、石雅三等人談過，他們說公司都有自己的印刷廠，畫片整套裝匣、裝箱，目的是吸引顧客抽煙中獎，獎金、獎品早已在利潤中剔除，任何人得獎對公司是絲毫無損的。不過零售商為了提高吸煙者興趣，偶或在其中動了手腳，也不敢說是勢所必無的事。不過這種事，也就是萬中之一二而已。

這些畫片雖非出自名家手筆，可是他們自成一派，畫人物風景，也都各有專長。聽說畫《西遊記》的是山東海陽一位專門畫神像的杜某，在膠州灣是赫赫有名的畫匠，他看《西遊記》入迷，所以他畫《西遊記》裡的人物特別傳神。他畫一套《西遊記》畫片三百二十張，要價兩萬現大洋，還要把他兒子送進公司當稽查。這個代價在民國十幾年，的確是令人咋舌的。

華成出了一個香煙牌子，大概是叫大聯珠，煙盒裡採用的畫片，都特別精細。有若干癮君子，從別的牌子改抽大聯珠，為的就是要收集畫片。我有一位朋友是天津青縣土財主，那就更妙啦，他根本不抽香煙，香煙送人，自己只留畫片。上海有一家華比菸公司出了一個新牌子叫美傘，他家畫片採用的是《紅樓夢》，請當時上海畫美女月分牌的鄭曼陀，預定是二百張，畫到元春歸省。鄭曼陀宿疾發作，無法繼續下去，一共畫了七十五張。據亡友孫家驥生前告訴我說，在大陸藏有七十五張者不足十人，在臺灣恐怕只有他手上的是唯一的一套，已成海內孤本了。他本打算拿來給我看看，可惜他龍光遽奄，這套瑰寶現在也不知滾落何方去了。

五十枝裝罐頭香煙，也有它的推銷手法。有一種舶來品爵士牌香煙，罐內不裝紙畫片，而裝鴨蛋形琺瑯燒瓷畫片，什麼雅典龐貝古城、羅馬鬥獸場、萬神殿、聖彼得大教堂、佛羅倫斯梅迪奇宮、奧地利音樂之城維也納、阿爾卑斯山雪景、巴黎羅浮宮、西班牙鬥牛、英國大英博物館、荷蘭小人國……，不但取景絢麗，而且燒製得線條細膩、色彩柔和。北平國畫家蕭謙中，覺得這些圖片雖然是西洋風景，對他作畫布局、設色助益良多。他以三年時間，搜集了這種琺瑯瓷片多達四百多件，世界各國名勝地區網羅靡遺。據說他這些寶貝，都是由東、西兩廟一個專門買賣香煙畫片，一個叫「德子」的給他尋摸來的。他有一張馬德里普拉多美術館拱門畫片，是以十二塊銀元才買到手的，長不足三寸的畫片，花了十二塊大洋，一般玩畫片的都認為在當時是空前大手筆了。

琺瑯瓷片時興過一陣子之後，福祿克罐裝香煙又換了新花樣，罐子裡附有長僅寸餘絲織的萬國旗，龍紋鳳彩，披錦撚金，也有人搜集為樂。有一種聽裝麥樂根香煙，裡面附贈奇禽異獸緞子畫，成了畫炭畫的瑰寶。其後中國各捲煙公司所出罐裝煙也添了彩頭，白金龍牌香煙，聽子裡放了一塊現大洋，大約買一打罐裝煙，準可開出三兩塊錢來。因為銀元在罐內重量增加，而且一搖有響動，老於此道者搖後再買，因此發生了若干糾紛。公司方面改變方法，把中南銀行出的一元鈔票摺成方塊，扣在罐裡菸碟底下，投機取巧者也沒轍了。一直到盧溝橋事變，仍然維持不變。華北被日軍佔領以後的情形，就不得而知了。

民國十九年，上海成立了一家叫華光的公司，他們搜集了不少外間不經見的電影女星照片，一律放大十六吋，加上硬紙襯底，買他家出品的華光聽裝煙一打，送照片一幀。先慈抽了幾罐，覺得菸質柔和，香不嗆人，於是不抽白金龍，改抽華光。大約一兩年之後，附贈的明星照片積了有幾十張之多，都堆在書房書架子底層。有一天舍下看墳的（俗稱墳少爺）進城來商議墳地陽宅修蓋的工程，他說他也有這樣一張大美人照片，村子裡的人剪頭髮、做衣裳都搶著來看看照片，照樣剪裁。想不到您府上有這麼多張，能不能給他兩張帶回去。我正愁這些贈品照片無處可放，大約有五六十張，一古腦兒都讓他帶回去了。第二年清明我去祖塋掃墓，村子裡少男少女都圍了過來，直著眼睛看我。後來才知道墳少爺跟村裡鄰居說，這些照片上的美人都是我的女朋友，所以大家都擁來看看我是怎樣一個人物。這個玩笑說大不大，簡直耍得我啼笑皆非。

一般懂得抽煙的癮君子，除了注意香煙味是否醇和、順口，還特別注意煙枝上的鋼印。當年北大教授錢稻孫、葉企蓀兩位，都是對煙枝上鋼印極有研究和愛好的，只要看見新的捲煙牌子問世，就必定買一包回來，抽出一枝把菸絲剝掉，將鋼印紙用貼存簿保存起來。錢先生的日本朋友知道他喜愛煙枝鋼印，在日本給他搜集了五百多種。葉先生則有英、法、義、德四國煙枝鋼印三百多種。英國人抽煙講究情調，喜歡邊抽邊看鋼印，所以英式香煙鋼印設計典雅，線條複雜，紋路細緻，比美式粗枝大葉的鋼印就精緻多了。筆者當年在捲煙特稅處負責審訂捲煙稅政，各菸公司有新品香煙問世，或是舶來捲煙進口，必須讓我來吸評，我除了自留一份鋼印做參考外，另留兩份分送錢、葉兩位，所以他們二位搜集鋼印也最為完全。

臺灣光復之初，臺北只有臺北、松山兩家菸廠，同時捲製香蕉牌捲煙。煙枝上鋼印是仿小三炮臺格式，上面是 BANANA，下面是製造廠名，配方雖然一樣，可是技術上，見仁見智就各有千秋了。因為手法不同，儘管配方一樣，煙的香味也就略有差異，一般老槍們在買煙時就有所挑揀了。專賣局先是包裝封貼不印廠名，讓購買者分不出哪個廠產製，後來有人獻議，最好把煙枝鋼印上的廠名取消，就免得大家挑精揀肥了。幸虧有幾位頗識大體的人，期期以為不可，理由是如果取消廠名，光禿禿把 BANANA 六個字母橫印在煙支中間，不但有損美觀，而且捲煙鋼印用小形鉛字體的尚無先例，全世界的香煙只有駱駝牌是五個字母用花體字印成半圓形的。經過一番激辯，總算把香蕉鋼印暫時維持原樣。過了幾年，松山菸廠出了雙喜牌香煙，鋼印上紅囍字加道紅圈，後來不知什麼時候，香蕉煙的鋼印也改成圓圈了。

早些年私製捲煙最猖獗時期，臺中的豐原、嘉義的斗六、屏東的東港因為靠近產菸葉地區，都成了私煙的大本營。捲製的私煙，不但菸絲金黃，煙味也還柔和，只是捲製時沒能摻點菸骨絲，所以菸絲總是軟趴趴的。至於煙枝上的鋼印，不論什麼圖案居然仿刻得幾可亂真，只有手寫的字再刻，筆姿神情無法酷肖，一望而知，真假立辨。所以松山菸廠出品的新樂園英文字，就是寫好再刻的；金馬牌香煙，「金馬」兩字是請現代草聖于右老寫的，都是無法仿效的。後來菸廠產品牌名增多，不知道是刻鋼印的工人偷懶，或是設計人員見不及此，大部分鋼印都改用圓圈，甚至高級煙長壽牌也不例外。好在現在私捲香煙早已絕跡，公賣局出品香煙是獨家生意，也不必再在鋼印上動腦筋了。

不過我們一般老槍，想起昔年茄力克、克蕾斯、白政府、小五華那綝縭套彩、敷色撚金的細巧鋼印，還有些莫名的嚮往呢！

閒話鯊魚

前幾天跟幾位朋友在來來飯店進餐，隔座有位鬚髮皆白、撐著單拐的老人，對我不眨眼的端詳。我也覺得他似曾相識，繼而想起，他是財商舊友張魁一兄，自從學校畢業，他就去英倫深造，後來只聽說他在英國國家銀行擔任高級職務。他很少跟國內同學互通消息，想不到竟然在臺北不期而遇。

據他說，前個二十多年，他暑期度假，打算到英倫海峽鮮魚區去捕鮮魚。想不到那一帶海域，也是鯊魚最活躍地帶。魚群通常都是七月初游來，九月底就都洄游到大西洋去了。他跟一個英國漁業朋友費蘭克駕著一艘捕魚船在蜥蜴岬巡弋，正當大批鯊魚游來，殿後的一批都是漁民稱之為「海盜」的巨口鯊的魚群，一下子就把他們撒的漁網撞破。他一著急用力收網，一下子浪高風勁，他就被巨浪捲下海去。當時這批鯊魚群有五六百條之多，雖然船上水手搶救得快，他的右腿脛骨以下連皮帶肉，已被一隻虎鯊撕擄而去，醫治結果只得鋸去一截，所以變成了現代鐵拐李了。從此他對鯊魚的研究鍥而不捨，數十年來英國漁業尊之為鯊魚專家，提起福瑞德‧張是無人不曉的。

他說鯊魚種類極多，它們的身體大小、色澤和形狀雖然差異極大，但有同一特點，全都是貪吃不厭的餓鬼。人、魚遇上它們極難倖免，所以捕魚人不叫它們鯊魚，而叫「海盜」。鯊魚大部分體型是流線型，游行可以加速，減少阻力。嘴裡有兩排森森利齒，配上藍色發光外有厚眼膜的雙目，令人望而生畏。悠閒進食時，在海中漂漂蕩蕩每小時只游兩三哩；當它們看見獵物，追蹤捕擒時，速度立刻可以增加到每小時三十哩左右，比一般砲艇速度還快。

據說在澳洲，捕鯊協會有一位墨爾本會員，在澳洲南部海岸海釣，釣到重達兩千四百多磅的鯊魚，算是近代海釣難能可貴罕有的成績了。十八世紀英國王室有位親王，在英倫海峽用大型漁船網獲一尾紫星鯊，重量達三千七百四十多磅。這兩項紀錄到現在還沒有人打破呢！

在英國海上大批出現的鯊魚多半是藍鯊，舊時中國俠士、外國劍客都喜歡拿它的皮來做劍鞘、劍柄。中國說書人一來就說，腰懸綠鯊魚皮劍鞘，其實是藍色的。

至於綠色鯊魚，據有經驗的漁人說，最長也不過五六寸，學名叫小印魚，它們是鯊魚的好朋友，專門在大鯊魚顎下游泳，吃從鯊魚嘴裡滴下來的渣滓，它的皮雖然泛綠，可是魚身太小實際派不上任何用場。

有一種錘頭鯊晝伏夜動，遇見獵物往前一竄、用頭一錘，把獵物擊暈，它就可盡情恣饗，跟它同等巨大的魚類，也經不起這一擊。

長尾鯊是鯊魚中最具靈性的，它察覺身後有異物，突然一轉身長尾一捲，獵物無一倖免，吃不完的拖到海底巉崖幽岫，等餓了再吃。魚類能收藏食物的，恐怕只有這種鯊魚啦！

還有一種姥鯊，身體臃腫，每尾都有七八百磅，喜歡漂浮水面晒太陽。看見有輪船經過，它們就窮追不捨，專吃船上廚房拋棄的食物，所以船員們又叫它懶鯊。有廢棄物吃，它是不會傷人的。

蘇格蘭喜歡海釣的高手，不時能釣到斑點鯊的卵。卵呈橢圓形，不是附著在海底的蕈草上，就是峭壁穹石上，要經過一年才能孵出小鯊魚來。在卵的兩端，各有一條小縫，海水不斷的此進彼出，魚子既可得到海水滋潤，又可避免海水衝撞和鱗介的吞食。海上漁家一年能吃到一兩次這種酥炸鯊魚卵，不但大飽口福，照漁民的迷信說法，當年吃過鯊魚卵，漁獲量也必定是盈筐滿釜、大比有年的。

鯊魚雖然凶狠殘暴，可是照顧幼鯊出自天性，當幼鯊遇到危險，它立刻把它們含入口中，以避免凶險。鯊魚胃裡不斷生產氣酸，所以它的消化能力快而且強，人的肢體如果沾到它的一點胃酸，立刻脫皮腐蝕。漁業界管鯊魚叫清道夫，魚翼經過之處，海藻雜質、魚鱉蝦蟹、一干鱗介一掃而空。前年有人在香港附近捕獲一尾斑馬鯊，解剖之後，鯊魚肚內發現有整具人體骨骼、尚未打開的鐵盒蘇打餅乾、油布包紮完整的羅馬磁磚。更有一位海釣高手在東沙群島無意中釣到一尾七星鯊，肚子裡竟然有一箱兩打裝的日本啤酒，既有魚吃又有酒喝，一時傳為美談。

鯊魚的種類多到不勝枚舉，而不同種類鯊魚的牙齒也形狀各異：有的寬而厚實，像壓路機；有的尖銳犀利，比鋼錐還快，巨型貨輪的鋼纜鐵錨，它能三兩下就咬斷。硬碰硬的結果，是它的牙齒也容易損壞。幸虧鯊魚的牙齒整排脫落，很快又整排的再生出來，一尾鯊魚長個五六次再生齒，那是常有的事。不過再生齒越長越小，當然銳利度也一次比一次退化，因此它們不到非不得已時，也不願意損傷自己的牙齒呢！

鯊魚雖然是海中霸王，一切生物遇上遭殃，可是有一種小魚，在鯊魚頭前開道，等於是老虎之倀，一方面受鯊魚保護，一方面遇有敵人來襲，它可以給鯊魚示警。這種小魚嗅覺極敏，哪裡有危險強敵，哪裡有肥美的獵物，都能嚮導鯊魚追蹤，所以漁人叫它「嚮導魚」。

中國人認為的上食珍味魚翅，有所謂大包翅、小包翅、排翅、散翅，都是從不同種類鯊魚的不同部位割下來的。有一位西班牙朋友寫了一部有關鯊魚魚翅的著作，達五百多頁，可惜是用西班牙文寫的，如果有人把它翻成中文，我想也蠻有意思呢！我在初來臺灣時，曾經同幾位好友到淡水去游泳，遭遇到鯊魚襲擊，幸虧逃避得快，毫髮無傷，不過對於鯊魚，仍有一些嚇絲絲的感覺。若不是魁一兄給我上一課，我真還想不到鯊魚有這樣凶殘可怕呢！

天府上食珍味不如臺北華筵

在朋友中，我是以饞出名的。《春秋》復刊，編者要我寫一篇吃的文章，平素以好啖出名，自然義不容辭。李國鼎先生說過，國人胃口驚人，一年可以吃掉一條高速公路，如果所說屬實，那我們全體軍民自然是人人有份啦！

元朝以肉類為主

中國人對於「吃」，早先講究的是適口充腸，至於山珍海味，食前方丈，講豪華、論排場，那僅只少數人中的極少數。遠的我們不談，就拿元、明、清三代來說，以帝王之尊，每日三餐，恐怕也比不上現代一席華筵呢！

中國歷代皇朝，對於宮廷飲食記載，大都約而不詳。就拿元朝飲膳太醫忽思慧編纂的《飲膳正要》來說（是一本皇家飲食著述，也是中國飲食文學中唯一的一本官書），其飲食習慣，日常以牛、羊、野味、酪漿為主，後來雖然滅宋繼承大統，入主中原，可是因為蒙古人生長在平沙無垠的沙漠地帶，在飲食方面，仍舊保有塞上粗邁豪放風格，每天御前菜單，只是在雞、鴨、牛、羊、獐麅狐上變花樣，連豬肉、魚蝦都很少用，更遑論早韭晚菘水陸珍異了。

無藥不成肴

明代朱元璋出身草莽，馬皇后又是以勤儉樸實出名的，有這樣淡泊自勵的帝后樹之先聲，所以後世子孫對於飲饌方面，倒沒有靈肴千種、象肉百味，窮極恣饗的情形。不過到了末幾代皇帝，漸習驕奢淫逸，篤信道家術士煉汞求丹邪法，講求藥補食療，饔餐御膳，頓頓離不開藥物入饌，什麼老山人參燉雛鴿、五味地黃煨豬腰、凍皮仔薑當歸燉羊蹄、枸杞杜仲氽鯉魚……等等。當年隨園老人袁子才說：「明代宮廷飲食，由療饑變成卻病，所謂凡菜皆治病，無藥不成肴。」隨園老人這幾句話，簡直把明代宮廷飲膳一語道盡了。

清朝宮廷飲食記載，從順治以迄雍正，由於立國伊始，也都是約而不詳。及至乾隆當政，這位十全老人幾度遨遊大江南北，南饌珍味，無不備嘗，漸漸成了美食專家；並且獨出心裁，建立膳食檔冊。吳相湘教授就看過故宮珍藏的這類檔案，自乾隆以後大都完整。

乾隆是美食專家

曹錕當選大總統入主新華宮，總統府醫官蘇州人曹元參，在光緒末年曾充太醫院醫官。據他說，當時御膳房每天各宮的膳食單，都要抄錄一份送給太醫院存查。這是沿襲元、明舊例辦理的，因為食物相生相剋，變化避忌甚多，遇有后妃、阿哥、格格大小病痛，太醫們進宮把脈，據以參考便於下藥。他的工作就是整理審核膳食單。

他翻閱舊檔，發現乾隆以前，肉類仍以獐、麑、麅、鹿、山雉、野兔、豬、羊為主（**清宮定制牛肉是不准入饌的**）。及至乾隆南巡回京，宮廷口味才為之丕變，魚類中的鰣、鱸、鮝、鮑，蔬菜裡的蕈、薺、蕹、苔也都陸續登盤薦餐。至於時下最名貴的鮑翅、排翅、烏參、干貝等海錯，則從未列入上饌。乾隆時期，高麗、越南那些東南亞小國紛紛歸附，貢使不絕，朝貢禮單所列海味珍奇，大多隨手賞賜臣下。至於魚翅一味，直到慈禧二度垂簾，御膳房的膳食單上，碟菜中才有肉絲炒翅子一品，只列小炒還不能列入正饌呢！

道光是有清一代崇法務實、悃愊無華最儉樸的皇帝，他穿的套褲，膝蓋打補釘，每天晨餐雞湯臥果都嫌靡費，他每日御用膳食為何，也就可想而知啦！

慈禧壽筵的菜單

慈禧晚年，在清朝歷代帝后裡，算是最會享樂的了。穆宗（同治）即位，正逢她的萬壽，筆者見過當年壽膳房在養心殿伺候一桌壽筵的菜單，菜單上寫明用海屋添壽大膳桌，鋪黃膳單，計：

大鍋菜二品：豬肉絲炒菠菜，野味酸菜；

大碗菜四品：燕窩「壽」字紅白鴨絲，燕窩「年」字三鮮肥雞，燕窩「如」字八仙鴨子，燕窩「意」字什錦雞絲；

中碗菜四品：燕窩鴨條，鮮蝦丸子，燴鴨腰，燴海參；碟菜六品：燕窩炒燒鴨絲雞泥，醬蘿蔔，肉絲炒翅子，醬鴨子，鹹菜炒茭白，肉絲炒雞蛋。

照這桌壽筵來看，以件數說，不過十六品；所用材料，除了燕窩配用六品外，所有菜式一直在雞鴨上打轉，蝦只一味，魚竟無一入饌，魚翅僅僅列入碟菜熱炒。如此看來，所謂天府上食珍味，平心而論比起現在臺北一桌華筵盛饌，講材料，論花式，精巧細緻，簡直雲泥霄壤之別，您說對不對？

到了宣統入承大統，御膳房雖然照例整桌傳膳，可是他最愛吃端康、敬懿兩位太妃每天由娘家送來的小廚房進貢的菜。到了大婚之後、出宮之前，御膳房的菜簡直不能下嚥，可是格於祖制又不便裁撤，逼得他先是在東興樓包伙，後來索性吃起「擷英」的西餐來。冷炙溫羹，末代帝王的飲膳，哪還談得上什麼食膳豐華、供饌精美呢！

把高速公路賺回來

民國六十六年，日本有一家電視公司為了攝製一部中國烹飪影片，在香港國賓大酒店訂下價值兩萬美元的一桌滿漢全席，共有七十二道菜，十二個日本人吃了兩天兩夜。其中有象鼻、雀舌、熊掌、駝峰、鹿尾等遠方珍異。香港朋友曾經把這桌滿漢全席菜單寄一份給我看，菜式名稱既像念喜歌，又像祝壽詞。當年滿漢全席是要逢到鄰邦屬國進貢來朝和平亂獻俘慶功兩項國之大事，才舉辦的盛大國宴。菜單不管是光祿寺所擬，還是內務府訂定，這種似通非通、不倫不類的菜單，要是他們的手筆，豈不令人笑掉大牙！這份菜單，一看就知道是香港酒家廣東大師傅們的傑作，其他一切不用細說也可思過半矣。

今年春季又有一批日本觀光客想來臺北吃一次滿漢全席，開開洋葷。有人為了提倡觀光事業，頗表贊同。我也認為自己吃掉一條高速公路，能向外賺回一條高速公路，哪怕半條也是好的。不過我認為「滿漢全席」這個名詞太落伍了，而且過分玄虛，不切實際，用這種手段招徠觀光，似乎也欠光明。我想不如把中國山南海北現有名菜，按照季節、品質等條件，訂出幾種不同價碼的觀光筵來，專賣外賓，國人訂菜恕不承應。如果安排得當，現在洋人暴發戶甚多，讓他們花幾文心安理得的錢，一年之間賺回一條高速公路，雖然沒有給長者折枝那麼容易，恐怕也不像挾泰山以超北海那樣困難吧！

話說當年談照相

小時候一開始玩的照相機是長方形鷹眼鏡箱，只要是陽光普照，景物在反光鏡範圍之內，不用測距對光，就可以照出清晰的景物來。大學畢業那年，學校要半身照片貼畢業證書，同學會印紀念冊也要照片，並且不要自己掏一分錢，只要到東安市場德昌照相館寫上班級姓名，照完之後，德昌照相館會替我們送到學校去分別付印，就這樣簡單。結果畢業紀念冊上，還是有若干同學的照片從缺。在謝師宴上，校長幽了大家一默，說有人迷信照一次相，神魂受一次傷，同學愛惜生命，所以大家都怕照相。雖然說的是句笑談，愣是有人不願照相，其故安在，至今我也沒有猜透。

沒過幾年，我買了一隻三點六鏡頭，裝張頭軟片，也可以用玻璃底片的新式照相機，而且配有自動快門三角架子，目測縮放光圈，映相調整焦距，晒出來的照片，比鷹眼鏡箱所拍的照片要高明多了。

上海兩江女子籃球隊第一次到北平比賽籃球，第一場球是在梅竹胡同青年會外場跟師大女籃比賽。北平風氣比較保守，固然北方打籃球是冬季運動，任何一支女子籃球隊的制服都是長運動褲，兩江女子籃球隊經過跑籃熱身運動後，上場球員一律除去長褲，露出所著大紅短運動褲，這種大膽的暴露，在北平人眼裡算是破天荒第一次。那時我正擔任《丁丁畫報》外勤記者，趕巧我又帶著攝影機，報社主編馬一民臨時抓差一定要我暫充一次攝影記者。我對照相本是初學乍練，人家球隊擺好姿勢，當時北平幾位攝影名記者張之達、譚同生、薩空了、宗維賡他們電光閃閃，喀嚓喀嚓照個不停，而我手忙腳亂，人家照完，我的光還未曾對好，於是招來看球的觀眾一陣鄙笑。幸虧兩江領隊席均，特地變化隊形讓我拍了幾張特別清晰的照片，後來《上海新聞報》、《申報》跟《時事新報》都採用我的照片，把薩空了氣得直吹鬍子瞪眼。學友黃中孚把我的底片拿去複印了好幾打，送給兩江每一位隊員。他跟席均因為這一段交往，特別投緣，由愛侶進而締結良緣，成為球壇佳話。我這笨手笨腳的臨時攝影記者，想不到還做了一次月下老人呢！我這隻張頭軟片照相機雖然要從後面對光，在江浙兩省所到之處，可照了不少優美的人物風景。

後來隨侍先母歸寧海陵外家，當地民情樸拙溫良，風景野逸倩豔，別有雅趣，帶去的底片沒有幾天全部照完。當地雖然有兩家照相館，但是不代客沖洗底片，儘管勝景多方，只有對景興嘆。有一天經過一家藥房，發現貨架子上居然有十幾盒柯達軟片，藥房裡的人也不了解是什麼用途，每盒索價一元二角，比上海二元四角，便宜一半，於是悉數買了回來，大照特照一番。後來回到上海，在虹口六三花園水池邊拍照，等洗出之後，池中倒影裡有兩位高髻木屐、綺袖丹裳的佳麗，經黑白攝影學會幾位看過，也說不出所以然來，大家疑為鬼影，可又拿不出相當佐證，我對攝影的熱氣也因此漸漸冷了下來，那隻鏡箱也就退藏於密了。

過不多久，上海新新公司新張開幕，我跟汪煦昌兄在照相部參觀（**汪留學巴黎，專攻攝影，回國在愚園路成立神州影片公司拍攝電影**），發現有帶一套二鏡頭的康泰時攝影機，不但零件齊全，而且暗房沖洗放大用具，一應俱全。他認為價錢廉宜，我就買了下來，帶回北平。因為機件靈活，拍攝舞臺劇特別生動清晰，那時張肖傖在上海辦的《戲劇旬刊》，所有北平舞臺劇照，十之八九都是我寄給他刊登的。七七事變爆發，我尚沒來得及走避，日本憲兵隊已經「光臨」舍下搜查，雖然毫無所獲，卻順手牽羊，把我的全套康泰時照相機連同附件，一古腦囊括而去了。

抗戰八年東奔西走，又沒有好照相機，當然更沒有閒情逸致搞攝影藝術了。

抗戰勝利，民國三十五年來到臺灣，日據時代的總督府，被美機炸得殘垣斷壁，尚未修復。衡陽街一帶算是房屋整齊地區，每天下午，兩邊行人道擺滿了鐘鼎瓶爐、采牒翠羽，最多的就是各式各樣的照相機，一望而知是日本人在佔領期間掠奪的戰利品。戰敗投降，這些東西無法攜帶回國，只好三文不值兩文，賣給收荒貨的了。我友孫叔威對於光學儀器素有研究，他每天就在那些古玩地攤尋寶，最多的一次，一口氣買了二十一具攝影機，最大的鏡頭一點八，算是當時最好的啦。他坐船往來滬、臺之間，返往四五次獲利甚豐。後來大陸淪陷時，他正在上海，彼此也就音訊隔絕了。我的書櫃裡至今還放有幾具紅、綠、黃、藍鏡頭，現在雖然手顫眼花，久已不玩照相機，偶爾拿出來把玩把玩，想起當年為捕捉一個鏡頭，披星戴月、餐風露雨、不辭辛勞的情景，不覺啞然失笑。可是想久了，又有一縷閒愁湧上心頭，我畢竟是老了，沒有當年豪興矣。

髮型雜感

記得當年束髮就學的時候，老師告訴我說，留什麼髮型，隨你自便，可就是不要留「大背頭」。所謂大背頭是從鬢角留起，一直往後梳，頭髮長度超過耳垂。當時年紀小，也不敢問老師是什麼原因。等年歲稍長在北平聽相聲，有個說相聲的叫趙靄如，最愛損人，他說他窮大手，老也攢不起錢來，所以年過四旬，尚未成家，因此最好跟大背頭交朋友。兩人一對眼，紅條春凳，掛上油瓶，到二道壇門心交心交，心平氣和交易而退，各得其所。後來細細留心，才知道北平龍陽君都是留蹭光瓦亮大背頭的。遇到這種人，總是心裡特別膩畏。

早些年我倒覺得頭髮如果不是太長，也不十分髒亂，留得長點、短點又有什麼關係呢！有一天我在桃源街一家小館吃牛肉麵，進來一位長髮垂肩、滿頭大汗的慘綠少年，先是用講義夾子沒頭沒臉的亂扇，繼而不知道是頭皮太多，還是頭蝨作崇，又搔又抓，一時「大雪」紛飛，桌上落了不少頭屑。屋裡光線太差，加上我是千度以上的近視，料想我的麵裡也不知不覺添了不少作料，越想越噁心。這種舉止乖張、不諳禮貌的狂妄少年，跟他多說無益，只有趨避一途，算帳走人。從此之後，我對不把頭髮修理整齊的長髮人，產生了極惡劣印象。

民國四十年，我有一位朋友，是位國際大貿易公司的總經理，他的公子就讀市商，頭髮越留越長，不梳不理，虯曲垂肩，形狀特別怪異。學校看他太不像話，糾正了幾次，他都置之不理。我這位朋友平素是最講民主、尊重別人的，在忍無可忍之下，把兒子叫到屋裡，拿出推子，二水中分白鷺洲，從腦門子一直推到脖頸子。害得他這位公子只好抓頂帽子戴上，到理髮館推成大光頭。現在他的公子在美國加州從事貿易，已經成了當地僑界領袖。去年我在柏克萊看到他頭髮短潔，衣冠楚楚。他說今日小有成就，要感謝老太爺一推之賜，才使他的人生改觀，步入正軌。

有些年輕人說留個小平頭，找事都困難，其實正好相反。筆者在本省中部主持一個食品罐頭加工廠，對男作業員一律要求他們平頭，髮長過耳者一律不予錄用。男作業員工作時必須要戴工作帽，女工作員紮頭巾。所有食品從製造到裝罐的過程，完全由男作業員操作。封罐之後，工作才由女工作員參加。有一天幾位楠梓加工出口區的朋友來廠參觀，覺得很奇怪，前半段製造過程，操作不用體力，為什麼不讓女作業員來做呢？我說食品首重清潔衛生，如果罐頭裡發現一根頭髮，吃罐頭的人心裡作何感想？是不是對銷售方面有很大的影響呢？他們之中也有幾位是從事食品加工業的，認為不錄用長髮男性作業員確實是有其必要的。留小平頭找事困難，只不過是年輕人一種護髮的藉口而已。

本省三家電視台所演清裝劇，凡是留辮髮的男士，前面頭套修得四鬢刀裁，脖子上長髮蓬鬆，事實上絕無那種髮型。這班護髮之士，不論如何，永遠稟持身體髮膚，受之父母，不敢毀傷的古訓，髮型是絕對不能改變的。

香港的電影、電視侵入臺灣之初，有些影劇界前輩曾經抗議反對。我看到以演《楚留香》出名的無花和尚關聰，一到臺灣首先落髮，並且把落髮實況錄影，在電視台播放出來，光就這一點敬業認真情形，我們就辦不到，遑論其他。最近中視週日所演的《天涯赤子心》，穿插編排熱鬧火熾，比一般哭哭啼啼談情說愛老套子可看性都高。可是劇中飾演江雲飛的黃仲崑，戴上軍帽腦後拖了一大堆頭髮好像孔雀尾，國語說得既不標準，表做更是呆板生澀不能入戲，讓觀眾看了替他著急。我不明瞭此角色為什麼非選中他不可，把整個戲的氣氛都破壞無遺，實在可惜。據筆者所知，早年軍隊裡，只有察哈爾主席劉翼飛的特務隊是留有大背頭的，背後人都叫他們「兔子兵」，即便如此，也不像劇中江參謀，跟另外一位副官也是那麼長的頭髮，他在鏡裡躲躲藏藏，似乎也覺得自己的髮型不太合適。經這兩位一攪和，白圭之玷，太可惜啦！

我時常想，像副官這種無關緊要的小角色，他不肯理髮就換別人，難道製作、編導主管人員就沒辦法換人嗎？還是另有其他原因？演員護髮而不敬業，主持人知而不顧，還能怪大家都要看香港的電影、電視嗎？據最近從新加坡回國的一位朋友說：「當地無論是排班等車，或是到公私機關行號去辦事洽公，凡是超過規定標準的長頭髮的人，一律排在後面。甚至有幾個婦女團體發起，她們的會員所交的男友，一律勸他們把頭髮剪短，才肯跟他們並肩挽腕過街。」據說收效甚宏。看看我們大街小巷依偎並肩情侶，男士的髮型又如何呢！

去年夏天我曾經到美國加州柏克萊嬉皮發祥地去觀光，他們不論男女，一律衣履不整，破衣襤衫，鬍髮如氈，走到他們面前都會聞到一種說不出的臭味。據一位住在當地的加大分校袁教授說：「這一般嬉皮，西子蒙不潔，外形固然令人厭惡，更可惡的是，他們鄙視社會、厭惡人群、反對政府，所以他們玩世佯狂，不屑跟社會人群一樣。所以他們標新立異，不衫不履，鎮日渾渾噩噩，混吃等死，請想，這麼一群行屍走肉，居然有些青年人還起而效尤之，這種心理實在令人不解。」

我所看到的那些人，在街頭巷尾或躺或坐，不是向陽捉蝨，就是當眾摳腳，醜態百出，實在令人不忍再看下去了。本想買一兩件他們的手工藝品帶回來，由於他們那種懶散的態度、髒兮兮的手，只好廢然而返了。泰國有位退休的陸軍中將拉差，他有一個愛孫，身長玉立，神采俊邁，偏偏他喜歡留長髮，而且燙得猙獰怕人。他那位中將老祖父訓導兼施，乃孫護髮情殷就是相應不理，氣得乃祖無計可施，只好跑到四面佛前添汶默禱，假如能讓他愛孫把頭髮剪短，他就雇班女樂，到佛前燒香舞蹈還願。誰知道他回到家後，就接到乃孫入營服役的軍方通知，軍令如山，乃孫只好乖乖剪個小平頭入營服役。鄰居們都說佛祖保佑，他老人家一高興，不但立刻到四面佛前還願，而且還到常去的各大寺院上供添汶呢！

今年暑假期間，一般初、高中學生在兩個多月時間，頭髮已經留得長及頸項，開學之前，有少數人讓他們理髮，簡直難捨難分、痛苦異常，非要挨到最後才肯去理。有一對祖孫，竟然為頭髮長短發生爭執，乃孫憤而出走，既不回家，也不到校，急得老祖父眠食俱廢，晨昏倚閭垂淚。可是乃孫音蹤杳然，不知去了何處。我想奉告各位年輕朋友，現在各國蓄長頭髮風氣已經漸漸消失，在美國找工作，一般老闆階層對長髮蓬鬆的青年人都少好感，把頭髮梳得整整齊齊、穿得規規矩矩才會讓人覺得你是好青年，放心加以錄用呢。

從金警星引起的回憶

十一月二十二日《聯合報》登了一則新聞，是臺北縣新店員警分局碧潭派出所有位王姓警員，制服上佩掛的警星特別耀眼，敢情他是標了兩萬塊錢一個會，除了正當用途外，把剩餘會款，打了兩枚金質警星佩掛起來，既可防盜又可儲蓄。從這一則新聞，筆者想起第一次當公務員的一樁醜事。

民國十二三年北洋政府時期，我在學校尚未卒業，暑假期間找出先伯祖文貞公所繪「西北輿地志」，研究新疆庫魯克山跟天山南北湖泊山脈分布情形。忽然太年伯李木齋（盛鐸）來到舍下，他跟先伯祖文貞公庚辰科會試同年，看我研究輿地之學，他非常高興，愣拉我去看他的學生、經界局局長謝筱石先生，讓我到局裡歷練歷練，同時局裡疆界輿圖跟帝俄有極為詳細分疆劃土的記載。經界局是個冷衙門，上下班又不簽到，我有空就到局裡資料室看書繪圖，對於了解邊疆強鄰接壤情形倒也增益不少。局裡發給我一枚徽章，色有七種，大概有不少人戴過，上面燒藍褪色，線條模糊，舊得難看。我本來就不愛掛徽章，這枚徽章便被藏在皮夾裡面，只有到局裡圖書資料室借書，才拿出來給管理人員看看。

有一天我隨侍先慈到前門外廊房頭條寶恆祥珠寶店鑲手飾。掌櫃的朱堃平素最喜歡跟我聊天，聊來聊去就聊到上衙門掛不掛徽章的問題上了。他說：「余叔岩在總統府總務處郭寶昌處長那裡辦事，有一年公府傳差，在中南海懷仁堂唱堂會戲，所有前後臺安排布置，自然就落在叔岩身上了。他也是向不掛徽章的，在總務處進出，從來沒人攔過，可是懷仁堂門崗衛兵不認識他，雙方發生衝突，氣得他幾天沒上衙門，這場大堂會戲幾乎要回戲。幸虧督察處的雷震春把衛兵凶了一頓，對余叔岩安撫了一番，才把事情給圓過去。」

我說：「我在經界局有份差事，可是徽章太難看了，所以也不願掛。」

朱掌櫃說：「您拿出來我瞧瞧，可以給您見見新呀！」我給他一看，琺瑯底跟鋼線都快磨平啦，修是沒法再修。

他說：「乾脆我照原樣給您打一個銀質燒藍的就漂亮了。」我當時未加思索，就讓他訂打一枚。等做好一看，真是文采柔麗，霞光奪目，比起一等大綬嘉禾章還顯得瑩琇炳發。因為太耀眼了，我也不敢懸掛，於是請教先師閻蔭桐夫子。老師跟我說：「徽章等於授給你的名器，豈能任便仿造求新，趕快把它銷毀。」

因為新製品燒得實在精細可愛，不忍毀棄，於是收藏起來，直到北伐告成，我到財政部供職，才把它拿出來，當鑰匙鍊的墜子用。最近看王警員佩掛金質警星，跟我昔年私製銀徽章如出一轍。回想少年荒唐行徑，不禁啞然。

從一個小埠看美國

筆者自從擺脫公務羈絆，已經三度去曼谷觀光，而小兒光燾旅美二十多年，雖然屢屢函邀，可是憚於長途飛行，始終赼趄卻步。民國七十年暑假，小兒摒絕夏令一切學術討論研究會議，特地勻出四五十天時間，準備陪我們兩老在附近各處走走，團聚些時。既非純粹遊山玩水，於是跟老伴毅然搭乘中華航空公司飛機首途直航舊金山。經過十一小時航程，於七十年六月二十八日安然降落在舊金山機場。尚未走出檢查室，已經隔著玻璃窗看見小兒夫婦來機場迎接，這比臺北中正機場便利旅客跟接客者多了。

一出機場就趕上舊金山同性戀者慶祝第十二屆「同性戀自由日」大遊行。大隊人馬，從舊金山碼頭到市政府廣場之間，整隊遊行。警方為了維持秩序，還實施交通管制，摩托警車摻雜著騎馬步行的男女警察，沿街照料、戒備，還有十多輛絢豔悅目的花車，車上有鼓號樂隊參加遊行。花車之前，除了由一百多位同性戀妙齡女郎騎著摩托車開道外，遊行隊伍裡的對對戀人中，有鬚髮如戟、其勢虎虎的壯漢，有柔情綽態、豔若桃葩的少女，有濃妝豔抹、搔首弄姿的徐娘，更有彎腰駝背、頭童齒豁的老不修，一路行來，不但噭噪諧笑，旁若無人，一對一對勾肩摟腰，還不時向路旁群眾表演一下親膩熱吻。據說遊行隊伍中各色同性戀人都有，甚至還有大學團體及已婚同性戀父母帶著子女，高舉紙牌、旗幟，喊著口號隨眾遊行。有幾位國會議員、贊成同性戀的當地市議員也被邀請參加遊行行列以壯大聲勢。我想性生活方式，異性相吸也好，同性相戀也罷，各投所好，儘管成雙成對去享受，又何必在大庭廣眾面前火辣辣表演，非要別人來接受呢！民主、自由，這是我踏上美國本土所上的第一課。

金門大橋

小兒住在距舊金山三百英里外的 Eureka。從舊金山登車，首先映入眼簾的是舉世聞名的金門大橋，橋長四千二百英尺，是一九三六年修建完成的。在紐約維拉采諾橋興建之前，它始終保有世界第一長橋的榮譽。橋上兩端各有一座高大長方形樑柱，兩柱之間，吊著兩根極粗的鋼纜，垂直銜接著。從高處眺望，大海滄波，黃雲落日，雄奇壯麗，蔚為奇觀。舊金山市政府，為了維護保養這一巨大建築，雇有勞工二十五名，擔任油漆工作。常年由東到西，從南及北，不停的油漆。因為海風強勁，海水鹽分又重，油漆一旦剝落，海水很快就會把鋼鐵樑柱給腐蝕朽爛，所以金門大橋每週要用兩噸油漆來維護。現在橋齡已接近五十年，據橋樑工程專家說，橋面已有多處發現裂痕，如不及時加強保固，橋能再支撐多久，大為可慮。所以金門大橋仍歸聯邦政府管理，抑或移交給加利福尼亞州州政府自行負責，尚在爭論之中。專家們的結論：無論如何，金門大橋明年非徹底大修不可。於是自七月一日起每輛汽車的通行費由一元增為一元二角五分。不料加價之後，每天上下班時間人車擁塞，簡直寸步難行，一般過橋市民紛紛歸咎於找零錢麻煩（**美國有二角五分硬幣**）。市政府起先不承認是找零錢耽誤了時間，有一位槓子頭的新聞記者在報上一再建議不妨恢復原價，試辦一星期，且看如何。哪知市政府剛試辦一天，橋上交通立刻恢復正常，而政府也能從善如流，立刻把過橋費恢復為一元了。美國這種不文過飾非的民主精神，真是值得我們欽佩和效法。

Eureka 的衣著

美國人的衣著，向來比歐洲、亞洲人來得輕鬆隨便，除了在華府、紐約幾個大都市的街頭看見白領階層的紳士們，西裝革履衣冠楚楚穿得整齊外，其他各州一般城市衣著隨便之極。就拿 Eureka 來說吧，走在街上很難看見一位著西裝、打領帶、御黑色尖頭皮鞋、紳士打扮的人物。偶或發現一位，不是新到的外國留學生，就是別國來的官吏或觀光客；至於美國人，無論男女老少，衣著都是各自從心所欲。一襲恤衫、一條牛仔褲到處可去，就是大學教授上堂授課，也跟學生一樣，牛仔褲照穿不誤。皮鞋店貨架陳列各式便鞋，不是透孔鞋，就是厚膠底或高腰靴子。至於黑亮的紳士尖頭皮鞋，大小鞋店裡並不多見，就是有，也甚寥寥，而且售價奇昂，式樣單純。國人出國之前，很喜歡做兩套漂亮西裝到美國亮亮相，結果反而變成「英雄」無用武之地，讓人覺得我們在衣著方面過分古板拘謹。筆者一向怕穿西裝打領帶，到了美國，左顧右盼，都是同道，好不自在。

Eureka 的水果、西點、冷飲

加州是美國各種水果的主要產區，筆者去的時候，正是櫻桃紅了的時期。中國大陸華北一帶，雖然也產櫻桃，但顆粒小，糖分低，顏色淡紅，北方人管它叫山豆子。南京玄武湖的櫻桃，在中國算是久負盛名了，可是跟加州的來比，仍遜一籌。加州櫻桃大如杜梨，殷紅泛紫，濺齒流甘，可算水果中的雋品。加州李子實大紫黑，雖然瓊漿湛露，但是靠近外皮部分仍然微嫌苦澀。食品營養專家章樂綺女士說，加州李子一百公克僅含維他命C五毫克，維他命A兩百五十國際單位，所含維他命C不及木瓜的十分之一，維他命A不及木瓜的六分之一。近來臺北市面有不少這種李子出現，既然營養成分不高，我們又何必花費寶貴的外匯來買這種水果吃呢！有一種跟哈密瓜大小相等的水果，英文叫 Honey dew，中文叫「蜜露」。皮白肉綠，碧玉溶漿，其甘如飴，據說是美國水果中甜度最高者。吃完蜜露，上下嘴唇能黏得張不開來。酪梨也是加州主婦們最歡迎的佐餐美饌。加州酪梨跟臺灣高屏地區的品種不同，形狀各異。加州所產的黑而多皺，表皮凸凹不平，跟鱷魚皮極為近似，所以又叫鱷梨，營養成分如何就不得而知了。加州還有一種叫 Netctarine 的水果，是桃杏混合體，似桃若杏，酸甜可口。Bing cherry 甜而多水，國內也沒見過。

談到美國的西點，不但過分甜膩，而且花式也沒有英、法等國做的多彩多姿，清新可口。不過超級市場有一種配好作料的半成品，只要把雞蛋打勻，混合一起，放入烤箱，過三十分鐘就有新鮮的清蛋糕可吃，簡單方便，兼而有之。此外，美國麵包種類繁夥，可以說集世界各國麵包種類之大成，應有盡有。有種發好麵劑放在真空紙筒密閉自烤的麵包，烤好之後，跟中國的發麵饅頭類似，比起中國人自己發麵蒸饅頭要省事多了。有些愛吃冰淇淋的朋友跟我說，美國是冰淇淋王國，五花八門，又便宜又好吃，一吃之下，果然是玄霜絳雪、珍錯含香。他們有一種高級冰淇淋，是核桃去皮加糖壓碎調製而成，芳而不濡，入口冰融，跟北平的核桃糖葫蘆有異曲同工之妙。

美國有一個叫 A&W 的連鎖餐飲公司，設在大小鄉鎮公路加油站旁，駕車的旅客可以不必下車，停車處有直通餐館電話，可以打電話叫餐點、冷飲來吃，將餐盤架在車窗上進餐，不但簡便而且經濟省時。這種餐廳都是圓形建築，室內每一桌上有電話一具，在室內進餐，也是用電話叫餐飲，櫃臺接聽人在電話裡告訴你桌號，餐飲備妥即以電話通知，自己到櫃臺拿取，可以省去若干人力。他們有一種飲料叫

Root beer，名為啤酒，實際是一種味清而永的汽水加上特製冰淇淋，質美量豐，價更廉宜。這種名為啤酒實為飲料的作法，如果在別的國家，雖非真正啤酒，但是要跟啤酒音字相同，恐怕要受到有關方面的干涉。其實涇渭分流，各不相擾，啤酒是品名，而非商標，所以政府不會加以取締！

談到美國啤酒，牌子之多真是令人目不暇給，就是經常喝啤酒的人，也沒法把啤酒牌名一一說出來。因為美國一向把啤酒視同清涼飲料，所含酒精度特低，國人對於從美國進口的啤酒，無論瓶裝、罐裝都不感興趣，就是因為酒精度太低淡而無味。美國有一種黑啤酒，酒精度跟臺灣啤酒所含酒精度相若，苦中有甘，其味芳冽，很合中國人的口味，當時進口的如果是那種黑啤酒，我想會受國人歡迎的。

Eureka 住的問題

Eureka 市區人口僅有三萬人左右，可是各種商店、娛樂場所應有盡有，超級市場、百貨公司有十數家之多。市區房屋多係二層洋樓，或各式平房，家家房櫳窈窕，無一雷同，門前苗圃碧草，異卉呈芳，各極其致。至於三層以上房屋，則極為罕見。有之那就更是廊腰縵迴，文采燦明，定屬大型公司行號了。因為地近紅木區，有些崇麗別墅、離宮巨廈，全都以用紅木建造來誇耀。市區M街有一座一八八五年建造的Carson Mansion巨構，兩廈重棼，桁梧複疊，珠簾玉戶，天窗疏綺。美國有若干書刊雜誌都來攝取巨廈照片，作為圖書封面。它現在是某一團體的俱樂部，如果加入為會員，照樣可以進內遊樂燕宴的。

小兒住所在市區邊緣，接近林區叫Sundial Court，房櫳圓繞，一律木造平房。當地市公所對於建築規約甚嚴，每戶建地不得少於一市畝，每戶限住一家，不准兩家合住。馬路之東即屬紅木區，每戶必須佔地兩市畝，禁止建築二層以上高閣廣樓，以免破壞林區景觀。區內住家門前都是芳草成茵、繁花如繡，偶或點綴一些松楸怪石，看了令人心曠神怡。行人道上紅磚砌地，欄楯環互，整個社區連一家雜貨店都沒有，就是街頭巷角也看不見一個設攤小販。七月四號是美國國慶，Eureka市區最熱鬧的一條街道，經向市公所申請許可，攤販可以領到一張許可證，准許設攤營業一天，清潔自理。第二天街道上攤販打掃得整潔如常，不像臺灣每天清晨出動若干警力維持攤販集散地的秩序，一兩小時後，警力一撤，立刻阻街塞道連行人都沒法通過，遑論車輛了。這些都是我們愧不如人的地方。

Eureka 的交通

Eureka 雖然是一個小城市，可是自用小轎車數量相當多。一家有個三四輛各型大小汽車的，極為普遍。各國移民來美的，對於節約能源，似乎比較重視，全都換了省油的日製車輛。而一般土生土長的美國人喜歡駕駛大型豪華轎車不算，旅行車更是有美皆備，無麗不臻，很少考慮到耗油量多寡的問題。美國汽油價錢便宜，固然是原因之一，再則人民生活富裕，所以也就不斤斤計較用油的多寡，這實在不是什麼好現象。年輕人健行旅遊，騎自行車、摩托車的也不少，但是在市區用來代步的，則極為少見。美國家庭對於子女雖然極為放縱，可是市面上很少看到不裝消音器、橫衝直闖、招搖過市的惡少。

計程車在 Eureka 可以說是鳳毛麟角，沒有在街市上繞來轉去，沿街兜攬生意的。計程車都是在車行等著客人的電話來叫車。因為家家都有自用大小轎車，除非孤苦無依，或年紀衰老，已失駕駛能力，遇有緊急事故才叫計程車搭乘呢！我在該地住了一個多月，每天上街，隨時留心，可是只看過一輛公共汽車在馬路上行駛，乘客寥寥。反觀亞洲各大都市公共汽車擁擠情形，就反映出東西人民生活情形的一斑，尤其在美國小城市，公共汽車已變成可有可無的交通工具了。

美國的國慶

每年七月四日是美國的國慶。平日美國各地行人道要隨時保持暢通，不准任便設攤營業。唯獨國慶那天，事先得到市公所核准，只要保持清潔，特准營業一整天。小兒早就跟我說好，午飯吃完去到街上巡禮一番。大概有三條街是攤販集中營業場所，男女青年扶肩搭背，不是拿著罐裝啤酒，就是拿著熱狗或義大利脆餅邊走邊吃，路邊還有一些賣花炮的攤子，每個人都顯得自在悠閒。幾條街的圓環都被賣藝、唱歌、變魔術的佔據，表演到一個階段打一回錢，跟北平天橋賣藝的「打轉兒」完全一樣。賣吃食的攤子雖然不少，可是除了三明治、熱狗、脆餅、冰淇淋，別無什麼新花樣，無怪有些美國人到了臺北夜市圓環，不論看見什麼吃食攤都要坐下來嘗嘗呢。賣水彩、蠟染、油畫的街頭藝術家也不少，有些作品的確不錯，構圖、取景、調色、線條，真有意境高超、風神逸宕的作品，可惜旅途攜帶不便，否則選幾幅帶回來，請臺灣的畫家評鑑一番，說不定能獲得相當高的評價呢。美國平日是不准燃放鞭炮的，只有國慶日解禁一天，所以鞭炮攤不少，可是不拘早晚、不擇地點、亂擲亂放的情形幾乎沒有。儘管大家在街道上盡情歡樂，可是第二天清早，一切又恢復正常。街上的瓶瓶罐罐、紙袋果皮、花炮碎片，收拾得清潔溜溜。人家這種守法且注重公德、衛生的精神，實在令人欽佩。

商業道德

Eureka 雖然市區不大，可是商業競爭非常熾烈，到了週五，商店的圖文並茂的傳單，就隨報附送到家庭主婦的手上，不但寫明原價，而且連打過折扣的價錢也詳細註明，跟臺灣商家店（書店除外）不愛註明貨品價格的習慣完全不同。至於商品原價若干，第一次減價若干，第二次減價若干也都把價碼標明。我買了一雙減價皮鞋，原價二十三元六角，畫有四次減價號碼。這雙鞋的尺碼，大人嫌小，小孩嫌大，所以減至十三元二角，還沒人問津。恰好我穿上正合適，所以撿了一個便宜。另外同樣貨色，同一牌名，價格高低也不一致。據售貨員面告，首次進貨跟第二次進貨廠盤如有漲落，店裡仍應各按原價出售，不得將售價任便調整。這種守法不欺的精神，是美國商業道德的真精神，反顧臺灣，又有幾家商店能夠做得到。

美國的郵政

美國郵政的速度和準確程度，跟我們臺灣來比，的確不如遠甚。我曾經接到一封從美國寄臺灣信件，不知何故錯遞南韓後又打回美國，再寄到臺灣，郵程走了兩個多月。地址、姓名寫得清清楚楚，居然寄到南韓，實在錯得離奇。在臺灣郵政方面，我們不是正在大力推展國際快遞郵件嗎？以我在 Eureka 住了一個多月的情形來看，每天上午送信一次（星期例假休息），根本沒有快遞限時郵件。每天有理無情投遞郵件一次，所花快遞郵資等於白費，不知我們郵政當局知道不知道。

美國一般住家門口都裝有一隻像枕頭一樣有鐵蓋的長馬口鐵箱，旁邊還有一面能豎立、能臥倒的紅色鐵旗子。如要寄信，可將信件放在信箱裡，豎起紅旗，郵友看見豎立紅旗，就來把信件收去，法良意善，值得效法。是因為附近沒設立郵局，才想出這個辦法，還是舉國皆然，就不得而知了。

醫生的問題

美國是一個科技發達國家，照說醫療方面應當是方便、快速、進步三者具備的，實際上恰恰相反。先拿醫生分配比例來講，舊金山各科醫生就多得車載斗量，有些醫生醫務清淡，僅能勉強維持。像 **Eureka** 這種小地方，你如請一位常年醫藥顧問，或是家庭醫師，多數表示業務太忙，拒絕承諾。最近有些醫生已經明白表示，不再接受新病人，就算你已經有了特約醫生，請醫生看病，往往要排到一兩星期以後。小病早就不藥而癒，大病往往因為耽誤，弄到救治不及，冤枉送了性命。其他城市情況如何，我雖未盡詳知，大概也好不到哪兒去。

至於更僻遠的鄉區，簡直找不到醫生，於是就越南難民中有醫生資格者經過考試，分派各鄉鎮工作。主持這項醫務者，均係資深醫生，他們又顧慮有大量醫生擁來，原有醫生失業，於是訂出若干苛刻限制。至於是醫生失業問題嚴重，還是病人找不到醫生嚴重，他們就不管了。現在住在臺灣的人豐衣足食，偏偏要弄張綠卡或移民美國去做美國公民。人各有志，個人處境不同，我們不便妄加月旦，不過年老體弱的人出去走走舒暢身心、開開眼界那是無可厚非的，至於移民到美國去定居，依我看美國是兒童樂園，青年人戰場，絕不是老人頤養天年的洞天福地。不知各位老朋友，以為然否？

人口及退休問題

美國根據一九八〇年人口調查統計，現年六十五歲以上人口佔全國人口的百分之十一點三，約兩千五百四十多萬人，而且進入這個年齡範圍的人數，正在迅速增加。美國政府現正計畫將一般退休年齡，從六十五歲增為六十八歲，同時鼓勵六十五歲屆齡退休人員仍舊繼續工作，維持個人收益。這樣一方面緩和了政府支付巨額退休金的負擔，同時有些專家認為，六十五歲雖然體能衰退，可是在經驗閱歷方面，遠非躁進青年所能企及。況且近世紀，醫藥保健方面都有飛躍的進步，六十五歲就勒令退休，在人力資源上，實在有點浪費。如果這個方案可行，成立法案，美國人的工作年齡又可延長三年了。

Eureka 看電視

在 Eureka 可以收看到的電視台，計有十一家之多。其中 ABC 跟哥倫比亞兩家電視台新穎超群，特受歡迎。每天清晨有個節目叫「The price is right」，尤為家庭婦女必看。節目雖然只有一小時，而現場觀眾登臺猜獎，猜中後所得獎品價值之高，看了真令人咋舌。有人獲得名貴汽車一至兩部；現金部分，有人贏得十萬美金最高額。這一節目的主持人機智雍容，吐詞雋拔，幾家電視台你爭我奪，把他年薪提高到八百萬美金，不知臺灣電視節目主持人聽了作何感想。談到美國電視節目，警匪鬥智題材，因為花樣翻新，是頗能吸引青年觀眾的熱門節目，不過一般青少年心性未定，極易衝動，雖然內心毫無不良企圖，但為了顯示自己才識過人、跅弛不羈，聯合同好，跟警方鬥智，到銀行作案，以使警方為難以為笑樂。現在聯邦政府，正開始研究如何淨化電視節目，免得青少年走上歧途。美國各電視台因為廣告收效良好，所以每秒廣告收費高得嚇人。美國有一家電視公司別具慧眼，把節目中所有廣告一律停止放送，使電視機旁朋友，盡情收看自己愛看的節目，絲毫不受廣告干擾。申請裝設這麼一台附機，手續非常簡便，每月另外收費，一般家庭裝者甚多。大概不久的將來，臺灣也會有這種機構出現呢！

美國的大麻煙

根據加州 Humboldt 大學學生們調查統計資料顯示，在校學生百分之九十五都有抽大麻煙的經驗。其主要原因是：美國自從越戰結束，征人回國，他們在越戰期間心情苦悶，有若干人因此抽大麻煙成癮，一時又不能戒絕。無論中外無知兒童，本來對香煙就有偷偷抽兩口的興趣，家中大麻煙吸取極為方便，哪知大麻煙上癮更快。有些是因為被同學譏笑沒種，激將之下而抽上癮的。所以有些家庭，父子、夫妻、兄弟、姐妹一家人都是大麻煙的癮君子。在 Eureka 南方約六十里有一個叫 Garberriclle 的地方，土壤氣候都適宜種大麻煙，種出來的大麻煙籽品質優良，當地人覺得有利可圖，於是大量種植，後來被警方發現，先是勸導，後來就動手剷除銷毀。可是利之所在，那些食髓知味的人，紛紛轉移陣地到深山僻壤、人跡罕至的地方去偷偷種植。同時抽大麻煙的方法也日新月異，有的做成水煙袋型加水過濾吸食，目前官方已經感覺到了禁不勝禁、抓不勝抓的程度。最近英國又有一種新毒品問世，據說是止痛藥跟治過敏藥合成叫「TS and Blues」，價錢僅為海洛因的四分之一。加州有一位名醫說：「希望政府趕快重視這個問題，如果讓這種價廉毒巨的害人東西氾濫起來，一旦發生戰爭，徵集令下恐怕已經沒有可用之兵了，您說嚴重不嚴重。」

青少年長頭髮問題

加州大學一位心理學教授對青少年髮型進行了研究，他說：「美國青少年留長頭髮，發源於同性戀。留短髯、喇叭褲、高跟鞋、不扣襯衫第一、三個扣子，在他們心理上，無非要跟一般人有所不同，標新立異而已。我們看一看舊金山六月二十八日同性戀空前大遊行，就可以思過半矣。他們最初想不到留長髮會有那麼多人來響應，鬧得後來滿街都是髮長及肩的，已經談不上什麼有異於眾了。現在嬉皮大本營柏克萊後山一帶的青少年，又花樣翻新，把髮型改變，由毛髮鬅鬙，一個個改裝成為梳小辮子了。他們的目的是怎樣怪異怎樣去做，將來改變成為什麼形態，現在尚不得而知，總之是越變越怪就是了！」

另外一位理髮店老闆說，自從流行長頭髮，理髮館變成中老年人的世界，青少年很少到理髮館去的，就連小學生來理髮的也少得多了。其實小學生們都不願意留長頭髮，可是他們的年輕父母認為頭髮長點比小平頭好看，而小朋友們覺得留小平頭又乾淨又俐落，洗頭更方便。每每在理髮館裡，會發現母子爭長論短的尷尬場面。一度有兩所小學發現學生頭上有頭蝨，而且傳染非常迅速，於是教育當局宣布小學生一律改推平頭，才把小學生們的頭蝨滅絕。近十年來，無論中外，男女學生髮型長短問題，始終困擾著教育界。我想為了飲食衛生，凡是食品餐飲業從業人員，必須嚴格規定一律短髮，以確保國民飲食健康，其他青少年髮型長短就任其自然算了。如果有了規定而不去嚴格執行，或是執法忽嚴忽弛，反而不如聽其自然來得省事。

美國新念秧

美國科學日新月異，坑蒙拐騙的伎倆也日日更新。最近時常有人假借公司行號名義，以電話向住戶提出若干粗淺問題讓你解答。當然全部答對，贈獎是到一處風景區去遊歷，幾天食宿、來回機票全部由他們供應，唯需以信用卡擔保。等你把信用卡號碼告訴他之後，他立刻借此號碼到各大商店、市場大買特買，都是些價值高昂的物品。等你發覺，他已飛鴻冥冥不知所終了。美國信用卡十分流行，為了購物方便，人人都有信用卡。自從發現歹徒利用別人信用卡的情形發生後，大家都把自己的信用卡號碼特別保密起來了。

美國的理髮館

我雖然年逾七旬，頭童齒搖，可是仍然保持每旬整容的習慣。Eureka 全市只有三四家理髮館，門前也都裝有三色電動轉燈，體積小、轉得慢，並不十分引人注目。營業時間上午十至十二時，下午二至四時，每天僅僅工作四小時，理髮每人六元五角。我去的那家理髮館，只有一張理髮椅子，等候理髮的客人可坐在沙發上。這種沙發倒有四五張，可容納十位八位，不但有書報雜誌可看，還有免費咖啡可喝。理髮師金邊眼鏡，衣著整潔，皮鞋蹭亮，雖然非常殷勤，可是神情肅穆，望之儼然。等到我登上坐椅，告知我想用刀來剃，他表示久已不用剃刀，恐怕刀鈍手抖，力難遂心。於是改用極薄電推子來推，推完之後，用一吹風喇叭，在脖頸子上一吹，就算大功告成。既無清洗設備，理髮師不敢用刀，修面刮邊當然更談不上了。旁邊有位等候理髮的老人，他說：「我去過臺灣三次，最難忘懷的是臺灣的理髮，價格低廉，服務親切，可以說是一種享受。在美國各地，無論大小城市，一般年輕人為了經濟省時，都學會夫妻互相理髮，到理髮館來理髮的都是花甲以上老人。」他說罷此言，我環顧左右顧客，果真不是鬢髮皓然，就是牛山濯濯或鮐背髮稀的老頭兒。據說美國的理髮館全是這樣，所以久居美國的朋友們都會自己理髮，很少照顧理髮店。

老人福利

美國政府對於老年人的照顧，可以說是體貼入微。凡是在美有永久居留權的老人們，都可以按月領到福利金。因為州與州的法律不同，而彼此稅收的情形互有差異，進而影響到每人應領福利金數額的多寡。據說有的州每人最高的每月可領到七百五十元，最低的則僅有三四百元。有些孤苦無依的老年人真正是賴此維生，可也有些拿著綠卡自命逃秦避世，整天好吃懶做的人，或是腰纏萬貫的闊寓公，每月只要領到福利金，就到超級市場大買特買一些不急需之物，或是到魚貨市場買一些昂貴海鮮，如大螃蟹之類，回去大嚼一頓。原本是濟助老人的福利金，想不到變成某些人的加菜金了。這種情形，已經引起納稅人跟州政府的不滿，有些人正研討如何防範抵制，讓所謂老人福利金如何真正用之於老人福利。將來演變如何，目前尚不得而知呢！

這趟加州之旅，約四十天，旨在探視久別的長子，兼避塵囂，根本沒有到美國東部去觀光的打算。只是悶來時在加州 Eureka 一兩百里附近逛逛，所見不廣，所知有限。見聞所及，擇其小者，拉雜寫點出來，不知對後之來者有點什麼幫助沒有？

說東道西 / 唐魯孫著. -- 七版.-- 臺北市：大地,
2020.02
面：　公分. --（唐魯孫先生作品集；7）
ISBN 978-986-402-332-5（平裝）

863.55　　108023321

說東道西

唐魯孫先生作品集 07

作　　者	唐魯孫
發 行 人	吳錫清
主　　編	陳玟玟
出 版 者	大地出版社
社　　址	114台北市內湖區瑞光路358巷38弄36號4樓之2
劃撥帳號	50031946（戶名：大地出版社有限公司）
電　　話	02-26277749
傳　　眞	02-26270895
E - mail	support@vastplain.com.tw
網　　址	www.vastplain.com.tw
美術設計	博客斯彩藝有限公司
印 刷 者	博客斯彩藝有限公司
七版一刷	2020年2月

大地
定　　價：280元